双葉文庫

江都の暗闘者

金鯱の牙

牧秀彦

目次

この作品は双葉文庫のために書き下ろされました。

金鮫《きんこ》の牙　江都《こうと》の暗闘者

第一章　盂蘭盆会の光明

一

享保《きょうほう》二年（一七一七）の七月は、陽暦で八月七日から九月四日に当たる。

七夕を過ぎれば、すぐに盂蘭盆会《うらぼんえ》がやって来る。

今日は七月十三日（陽暦八月十九日）、盆の入りだ。

どこの町でも、大路を吹き抜ける涼風に竹の葉がさわさわとそよいでいる。

七月は竹の需要が多い。

いま店頭に出ているのは、七夕前に売られていた青竹《あおだけ》ではない。細くて小ぶりの篠《しの》竹がきれいに切り揃えられ、節もつやつやした様で並んでいる。

往来には幾軒もの露店が出ていた。

江戸では毎年、七月十二日と十三日に草市《くさいち》が催される。盆市とも称される店々では魂棚《たまだな》(精霊棚《しょうりょうだな》)を設《しつら》えるのに必要な材料や供物《くもつ》、そして迎火を焚《た》くための苧殻《おがら》といった品々が、一斉に売りに出されるのだ。

草市と呼ばれる通り、店先には蓮の葉に蒲《がま》の穂、鬼灯《ほおずき》に禊萩《みそはぎ》といった飾り付け用の草々が山と積まれている。

他に商われている品も草木の類ばかりだった。

篠竹は言うに及ばず、杉の青葉を竹で編んだ間瀬垣《ませがき》に、魂棚の敷物にする菰《まこも》が所狭しと置かれていた。

武家と町家の別を問わず、心がけの良い主婦は早めに草市へ足を運び、必要な品を速やかに買い整えておくのが常である。

一方、ものぐさなおかみさん連中のために役立ってくれたのが行商人たちだ。

「たァけや、たァけや……」

「おがら、おがら、おがら」

「まこもや、まこもや……ませがきや、ませがきやァ」

口々に売り声を上げながら諸方の大路小路《おおじこうじ》を巡って歩き、呼び止めてもらうと荷を下ろして商いをする。

何しろ盆提灯《ぢようちん》さえ売りに来てくれるのだから、たとえ値が多少割高であっても面倒が無くて良い。

「ちょうちんやァ、盆ぢょうちん、ちょうちんや……」

お盆の支度は六月の末に現れる提灯売りの声に始まり、十三日の朝を迎えると同時に本番となる。

まずは仏間をきれいに掃き清め、仏壇の前に魂棚を据えなくてはならない。購《あがな》ってきた篠竹を組んで台を作り、間瀬垣で囲う。

こうして出来上がった魂棚の上に菰を敷き、仏壇の中から出してきた先祖たちの位牌を安置する。

供物に添える胡瓜《きゆうり》と茄子《なす》も欠かせない。先祖の霊魂が冥土と現世を行き来する乗り物として往路に胡瓜の、復路に茄子の馬を用意するのだ。

このように家人《かじん》が支度を整えてくれている間に、一家のあるじは菩提寺まで出向いて墓所の掃除と墓参りを済ませておく。

若い衆には《し》、また別の仕事がある。

どこの寺の境内でも腹掛け一枚になった檀家の若者たちが汗をかき丸太を運んできて櫓《やぐら》を組んだり、提灯を吊す縄を張ったりする作業に勤《いそ》しんでいた。

明日から催される、盆踊りの会場づくりだ。

労働奉仕をしてくれるのは大工や桶屋、錺職《かざりしょく》といった職人たちである。元旦と藪《やぶ》入りしか仕事を休めない商家と違って、職人には休暇が多い。毎年七月十一日から二十日まで盆休みが貰《もら》えるしきたりになっており、御府外から奉公に来ている人々も里帰りして、郷里の盂蘭盆会に参列することができるように配慮されていた。そして江戸っ子は菩提寺で祭りの支度に励むのだ。

陽が西に傾く頃には、盆踊りの会場が出来上がってきた。

こぢんまりとした櫓の上に太鼓が据え付けられるや、大工の棟梁と思《おぼ》しき中年男が慣れた手付きで撥《ばち》を握る。

一本調子の音が涼風に乗って、とんとんとんと境内に流れる。

忙しく立ち働く大人たちをよそに、小さき者は遊ぶのに夢中であった。

「ぼんぼんぼんのじーうろくにち（十六日）に、おえんま（お閻魔）さまへまあいろ（参ろう）としたら〜」

手を繋《つな》いで横歩きしながら、十人ばかりの幼児が声を張り上げている。

江戸では『ぼんぼん』と呼ばれる遊戯だ。

裏店《うらだな》住まいの子ばかりとなれば、誰も小洒落た浴衣などは着ていない。

古びた単衣《ひとえ》の袖をまくり、裾をはしょった子どもたちは裸足で練り歩き、元気一杯に唄っていた。

「じゅうず（数珠）のお（緒）がきれて、はあなお（鼻緒）がきれて、なあむしやかにょらい（南無釈迦如来）、手でおがーむ、てえでおーがむ～」

土埃《つちぼこり》で真っ黒になったちび連の横顔を、紅い夕陽が照らしている。

そろそろ家々の軒先に盆提灯が点《とも》され、迎火を焚き始める時分だった。

二

老若男女の誰もがお盆気分に浸っている中、夕闇迫る麴町《こうじまち》の雑踏を一組の主従が歩いていた。

麴町は江戸開府後、山の手で最初に町割りがされた地である。

御城に最も近い上に歴史の古い町だけに、地元の人々には公方様（将軍）のお膝元で生まれ育った者としての自負が強い。

町名通りに麴屋が数多いことで知られる地だが、高台の一等地だけに武家屋敷も集中していた。

先を行く男は二刀を帯びているので、一目で武士と判《わか》る。

しかし、その身なりは一等地には些《いささ》か不釣り合いなものだった。

着古した麻の小袖に木綿の羽織を重ねて着け、薄地の夏袴を穿《は》いている。

薄い生地越しに、四肢の動きが見て取れた。

痩身に粗衣《そい》を纏《まと》っていても、まったく貧弱な印象など与えられなかった。

四肢も胴回りも細いが、ぴしりと引き締まっている。

脚の運びも安定していた。

その証拠に、足元には砂埃《すなぼこり》がほとんど立っていない。

今年の江戸は旱続《ひでり》きだった。打ち水をしても瞬く間に乾いてしまい、どこの路《みち》も塵埃《ちりほこり》だらけである。

武士は無闇に塵を舞わせることなく、雪駄《せった》履きの足を軽やかに進めていた。

肩ではなく腹と腰から先に前へ出る、剣術修行者としての運足《うんそく》の基本ができているのだ。

両の腕も無駄には振らず、脇を自然に締めていた。

針金の如くに筋の通った、力強さとしなやかさを感じさせる体捌《たいさば》きだった。

日除けの塗笠の下から、端整な顔が覗《のぞ》けて見える。

面長で鼻梁が高く、顎の線も形良い。

眉《まゆ》は細く長く、双眸《そうぼう》も切れ長だった。

薄い唇とも、初対面の者に怜悧《れいり》な印象を与えそうな造作ではある。

もしも無表情を決め込んでいれば、さぞ冷たく映ることだろう。

しかし今、武士は和《なご》やかに微笑んでいた。

こうして形の良い口元を綻《ほころ》ばせていると、整いすぎた相貌《そうぼう》が何とも人懐《ひとなつ》っこいものに見える。

活気に満ちた町中の様子を目の当たりにし、安らぎを覚えていたのだ。

「迎え盆の有り様《よう》とは、紀州も江戸も変わらぬものだの……」

つぶやく武士の名は田沼意行《たぬまおきゆき》、三十二歳。

紀州藩士から直参に取り立てられた、三百俵《ぴょう》取りの旗本である。

直参――将軍家直属の家臣といっても立場はピンからキリであり、末端の者は町民の年収よりも低い禄高《ろくだか》で慎ましく暮らしている。知行地《ちぎょうち》を与えられずに禄米を支給されるだけの俵取《ひょうど》りは、旗本の中でも軽輩と見なされていた。

されど、意行には生来の気品が備わっている。

絹物で美美《びび》しく装えば、千石取りの大身と偽っても通用することだろう。

しかし、意行は粗衣を微塵《みじん》も恥じてはいない。

昂然《こうぜん》と顔を上げ、夕暮れ時の大路を闊歩《かっぽ》している。

界隈《かいわい》に向ける視線も、柔和《にゅうわ》そのものであった。

盆踊りの稽古をしているのか、櫓太鼓の音が切れ切れに聞こえてくる。

祭り囃子《ばやし》の流れる町々では、早くも迎火が焚かれ始めていた。

通りに白煙が漂い出ている。

どこの商家でも今日は早めに店仕舞いをしていた。

店々の主人と思しき男たちが、提灯を片手に帰ってくる。

菩提寺での墓参りを済ませ、先祖の霊を伴ってきたのである。

軒先では盆提灯が明明《あかあか》と点っている。

迎火も提灯も、盆の入りならではの町の風物詩であった。

「人の営みとは何処《いずこ》も同じものぞ。そうは思わぬか、兵四郎《へいしろう》？」

「は」

意行の後には、一人の若い従者が付き従っていた。

羽織を略し、茶染めの筒袖《つつそで》に細身の馬乗り袴を穿《は》いた軽快な装いである。腰に風呂敷包みを巻き付けているのみで、手ぶらだった。

左腰には、大脇差《おおわきざし》を一振りのみ差していた。

笠は被《かぶ》らず、剃り跡も青々とした月代《さかやき》を剃き出しにしている。見るからに精悍《せいかん》な顔立ちの青年だった。

額は心持ち広めである。

陽に焼けて浅黒く、ぎょろりとした両の瞳は眼光鋭い。

雅《みやび》な容姿の意行と違って鼻筋が太く、唇も分厚かった。

逞《たくま》しいのは相貌だけではない。

肩幅が広く、腕も足も筋肉が盛り上がっている。

身の丈が六尺（約一八〇センチメートル）に近いとなれば、当時の成人男性としては際立った高身長であった。

かと言って、超重量級というわけではない。

目方はせいぜい二十貫目（七十五キログラム）といったところであろう。無駄な脂肪を皮下に蓄えることなく、後の世の格闘技選手を彷彿させる、しなやかな肉の鎧《よろい》をまとっているのだ。

白羽《しらはね》兵四郎、二十一歳。田沼家《うち》に奉公する若党《わかとう》である。

若党というのは主人の供や屋敷内の雑用に従事する武家奉公人のことで、主家に仕えている間は仮の姓を与えられる。

兵四郎は子どものときに田沼家へ引き取られ、奉公人の身ながらも息子同然に育てられてきた。

白羽という姓も、父親代わりの意行が付けてくれたものだ。

逞しい青年に成長した兵四郎は意行に影の如く付き従い、この江都《こうと》に一年前に住み着いてからは荷物持ちと護衛を兼ねた立場として、登下城の折にも同行するのが常となっていた。

しかし、今日は御城からの戻り道ではない。

非番の主人に同行して日がな一日、江戸市中を見廻っていたのだ。

どこの町も平穏無事で、人々は迎え盆の準備に励んでいる。

先祖の霊魂を慰めるための支度をまったく苦にすることなく、楽しげに各々の役目を果たしていた。

「この笑顔を失わせてはならぬ」

無言で頷く兵四郎に、意行は静かにつぶやく。

「盂蘭盆会に凶事が起これば未曾有の大事となるであろう。何としても、上様の御命をお守り申し上げねば、な……」

真摯《しんし》な声色《こわいろ》だった。

三百俵取りの小旗本が皆、かくも大仰《おおぎよう》なことを心がけているわけではない。

田沼意行は将軍の命を、そして江都の安寧《あんねい》を護るという使命を人知れず背負う立場なのだ。

三

今から十一年前のことである。

正徳《しようとく》六年（一七一六）五月一日（陽暦六月二十一日）、意行の主君・徳川吉宗《よしむね》は紀伊《きい》徳川五十五万石の藩主から八代将軍の座に着いた。

先代将軍の家継《いえつぐ》が御年八歳で急死したのに伴い、同じ御三家の中でも格上の尾《お》張《わり》徳川家を差し置いて抜擢されたのだ。

かくして吉宗が将軍職に就くと同時に、意行は小姓に任ぜられた。

それ自体は別段、驚くに値する人事ではない。

吉宗は側近に紀州藩以来の忠臣をまとめて取り立て、紀州派と呼ぶべき派閥を形成することにより、己が立場を固めようと腐心していた。

末端の家来も例外ではなかった。

国許の紀州に在《あ》った当時から、意行は小姓の職を務めている。

たとえ身の回りの世話をしてもらうだけのことでも、先代から将軍家に出仕している古参の小姓ばかりが相手では吉宗も気を遣う。一人でも多く、気心の知れた家来を傍近くに置いておきたいと考えたとしても何ら不思議ではあるまい。

ところが、吉宗は意行をただの小姓として召し使うだけのために、直参旗本として登用したわけではなかった。

頭脳明晰な上に剣の手練《てだれ》でもある田沼意行に秘密の一隊を組織させ、この江都の平和を乱す輩《やから》を人知れず始末させるのこそが、紀州から江戸表へ召し出した真の目的だったのだ。

知勇兼備の傑物でなくては、まず務まらぬ役目であろう。

意行は吉宗の期待に能《よ》く応え、この一年の間、子飼いの兵四郎らを率いて数々の密命を果たしてきた。

そして今、意行一党は新たな任務を帯びて行動している。

田沼主従は町人地を抜けて、麹町の五丁目まで来ていた。

周囲は大名屋敷ばかりである。

後の世に紀尾井町《きおいちょう》と称された通り、この界隈には紀伊徳川、尾張徳川、井伊《いい》の三家の屋敷が置かれていたのだ。

清水坂《しみずざか》の向こうに在《あ》るのは井伊家——近江《おうみ》彦根藩三十万石の下屋敷。

一際広い敷地にそびえ立つのは、尾張藩六十一万石の拝領屋敷である。

大名家の公邸である上《かみ》屋敷、隠居所の中《なか》屋敷、別邸の下《しも》屋敷とは別に、格別の配慮を以て御上（幕府）から授けられたものだ。

一方、紀伊徳川五十五万石の上屋敷は慎ましい。公邸でありながら、その敷地は尾張の拝領屋敷よりも、ほんの一回りばかり広いだけだった。

思えば一年前に江戸へ出てきたばかりの頃、田沼主従はこの紀州藩上屋敷内の御長屋に寄宿していたものであった。

かつて隣近所として親しみを覚えていた屋敷が、今は敵地となりつつある。

「やはり、潜み居《お》るとすれば此方《こなた》より他にあるまいぞ……」

確信を込めて、意行はつぶやく。

こたびの敵は吉宗を暗殺するべく、江都へ潜入した尾張からの刺客だった。

急を知らせてくれたのは、御庭番衆である。

御庭番とは従来の伊賀者に代わる存在として吉宗が新たに組織させた、公儀の隠密団だ。

紀州忍群十六家の当主たちに各家の郎党《ろうとう》を加えた、強力な集団である。

表向きは御庭番もしくは締戸番という呼称の通り、曲輪内《くるわうち》の御庭の清掃と管理を担う立場であったが、その実体は腕利きの忍びの一団なのだ。

彼らは紀州藩では薬込役《くすりこめやく》と称されており、鷹狩りをこよなく好む吉宗は頭領の藪田定八《やぶたさだはち》らに御手筒《おてづつ》(専用の鉄砲)の手入れを任せる一方で、身辺の警護から探索御用まで命じてきたものだった。

彼ら紀州生え抜きの忍群《にんぐん》を、吉宗は公儀隠密に移管したのだ。

もとより、腕に覚えの猛者《もさ》ばかりである。とりわけ頭領の藪田定八は紀州忍群の中でも名家の生まれであり、忍びの技の冴《さ》えも超一流だった。意行一党は定八が率いる御庭番衆と連携して、これまでにも吉宗の治世に仇《あだ》なす悪を幾人となく葬ってきたものである。

されど、今度の対手《あいて》は凄腕だった。

去る六月末に刺客が動き出したことを最初に察知したのは、尾張藩領内に潜入していた御庭番衆の郎党であった。当人は不運にも正体が露見して抹殺の憂《う》き目を見たらしいが、伝書鳩に託された血染めの文は無事に届いた。

『尾州侯《びしゅうこう》に不穏の動き有り　甲賀者《こうがもの》一人　江都へ向かい居り候《そうろう》』――。

もたらされたのは信じ難い情報だった。

大名家は、それぞれ忍びの者を召し抱えている。尾張藩に代々仕えていたのは世に『甲賀五人之者』と名高い、甲賀忍群の一団だった。

とはいえ、尾張徳川家が刺客を放つとは考えられない。

尾張六十一万石の現藩主・徳川継友《つぐとも》公は生来温厚な、裏を返せば甚《はなは》だ気弱な質《たち》であった。将軍職争いに敗れたとはいえ、吉宗の暗殺を企図《きと》するほどの度胸などはまず持ち合わせていないだろう。

御三家ともなれば、公儀としても好んで疑いたくはなかった。

しかし密使の報告通り、甲賀者は着々と東海道を江戸へ向かっていたのだ。

急を聞いた御庭番衆は配下の郎党を動員し、品川で迎え撃つべく陣を敷いた。

ところが姿なき敵は警戒網を突破し、単身で幾人もの郎党を斬り伏せて御城下への侵入を果たしたのである。並の術者では到底、為し得ぬことだった。

腕に覚えの御庭番衆が張り巡らした結界《けっかい》を易々《やすやす》と破ってのけたとなれば、敵は間違いなく甲賀者だろう。

徳川本家に属する伊賀者は、太平の世で弱体化して久しい。一部には優れた術者も残ってはいたが、忍群としての集団力はすでに失われていた。

かかる現状を危惧《きぐ》すればこそ吉宗は子飼いの紀州忍群を抜擢し、御庭番の要職に据えたのだが、これでは面目丸潰れである。

頭領の定八が探索御用で遠国《おんごく》へ赴いた留守を預かる御庭番衆にしてみれば口惜しい限りだったが、報復戦に乗り出すことは許されなかった。

城中では毎年、お盆に魂祭《たままつり》が催される。

将軍は歴代将軍の御霊《みたま》を迎えて仏前で朝夕参拝し、日中は御目見得《おめみえ》以上の幕臣たちに中元《ちゅうげん》の祝儀を授ける儀式を執り行うのだ。

平素より人の出入りが多い時期だけに、御庭番たちは御城の内外で厳重な警戒に当たることが求められる。

刺客の始末も急務であったが、御城の警備を疎《おろそ》かにするわけにはいかない。敵が独りとは限らず、別働隊が不意を突いてくる可能性も考えられるからだ。

ここは吉宗の身辺警護を御庭番衆が担い、意行率いる特命集団が刺客を葬り去るより他にあるまい。

かくして刺客抹殺の密命を昨夜に奉じた意行は、配下の兵四郎を伴って朝早くから尾張藩の各屋敷を探索してきたのである。

市ヶ谷御門外《いちがやごもんがい》、尾張戸山《とやま》、西大久保《にしおおくぼ》と後世の新宿区一帯に分散する藩の公邸に兵四郎は人目を避けて忍び込み、意行は各門外にて不審な動きが無いかどうかを見て回ったのだ。

迎え盆の支度で慌ただしく、人の出入りも多い各屋敷に探りを入れるのは存外に容易《たやす》いことだった。

それに、兵四郎は並の若党ではない。

戦国乱世を生き延びた忍び一族の出だった祖父から、数え年十歳で死に別れるまで厳しく鍛えられてきた身なのである。

百余歳の長命を保った祖父は、紀州忍群の中でも暗殺を専業とする一族の中で殺しの天才と恐れられた達人であった。

手練の忍びだった祖父仕込みの隠形《おんぎょう》の術を用いれば、昼日中から大名屋敷の奥深くまで潜入するなど雑作もないことなのだ。

しかし、敵の行方は杳《よう》として知れぬままである。

特命集団の仲間が今一人、尾張藩と懇意にしている旅籠《はたご》に探りを入れてくれていたのだが、小半刻（三十分）前に出先で落ち合ったところ、収穫は残念ながら皆無ということだった。

一日を費やした探索も功を奏さず、手がかりは何ひとつ得られていない。

むろん、このまま安閑《あんかん》としてはいられない。

上屋敷にも下屋敷にも、藩御用達の旅籠にも身を潜めていないとなれば、残る場所はただひとつ。この麴町に在る、拝領屋敷のみであった。

「仕掛ける折は一度きりと心得よ、兵四郎……」

沈む夕陽を見やりつつ、意行は小声で命じる。

「行け」

「は！」

兵四郎は一礼し、すっと意行の傍から離れていく。

かねてより打ち合わせ済みの行動だった。

何としても敵を仕留め、暗殺を未然に防がなくてはならない。

敵の狙いは将軍の命なのである。

東照大権現《とうしようだいごんげん》こと初代家康公から有章院《ゆうしよういん》こと七代家継公に至るまで、歴代の天下人の御霊を迎える魂祭の最中に、万が一にも現将軍が暗殺されたとなれば未曾有の混乱が生じることだろう。

しかし、下手に騒ぎを大きくしては敵の思う壺だった。

警備とは頭数を増やせば事足りるというものではない。

なまじ将軍家直参の旗本と御家人衆を動員すれば、城中への人の出入りも自ずと増える。それだけ敵に付け入る隙を与える可能性が高くなるのだ。

城中の護りを固める番士たちとて、凡百の武士である。

たとえ幾百人掻き集めたところで、兵四郎に白昼堂々出し抜かれた尾張藩邸の勤番士たちと同様に、やすやすと警戒網を突破されてしまうであろうことは目に見えていた。

烏合《うごう》の衆を頼むよりも、少数精鋭の御庭番衆に吉宗の警護を任せたほうが遥かに確実というものであろう。

その一方で隠密裏に刺客の所在を突き止め、葬り去る。

それを為し得るのは、敵と同じく忍びの兵四郎のみなのだ。

去り行く配下を、意行は無言で見送る。

（頼むぞ、兵四郎）

絶対の信頼を預けていればこそ、敢えて単身で危地へ赴かせたのだ。

祭り囃子が聞こえてくる。

しかし、もはや意行に目の前の風景を楽しむ余裕はない。

送り出した兵四郎の無事を祈りつつ、黙然《もくねん》と家路に就くばかりであった。

四

田沼意行の屋敷は田安御門《たやすごもん》内にある。

どの家の門前でも、迎火が焚かれていた。

「お戻りなされませ、殿様」

白煙の漂う玄関で意行を迎えてくれたのは、小柄な婦人だった。

身の丈は五尺（約一五〇センチメートル）にも満たないが、きりっとした凛々《りり》しい顔立ちをしている。

辰《たつ》、二十八歳。

意行の愛妻である。

「兵四郎さんはお連れではないのですか？」

「所用を命じた。今宵は戻らぬ故、構わずとも良い」

言葉少なに告げながら、意行は佩刀《はいとう》を差し出した。

辰は作法通り、袖でくるむようにして夫の差料《さしりょう》を受け取る。

子細は何も問わない。

武家の妻女の慎みとして、夫がすることに余計な口を出してはいけないと承知していたからだ。

奥の客間では客が一人、意行の帰りを待っていた。

恰幅《かっぷく》のよい浪人者である。

寛《くつろ》いで胡座《あぐら》をかいていても、座高の高さから長身であると見て取れる。兵四郎にも負けず劣らず背の高い、六尺近くの巨漢だった。

鴨井芹之介《かもいせりのすけ》、三十九歳。

番町《ばんちょう》の裏店に独り所帯を構える、無位無冠の素浪人だ。

不惑《ふわく》も近い齢相応に腹は出っ張りぎみだったが、手も足も太く逞しい。

着衣は古びて単衣も袴も色褪せているが、座した右脇に置いた佩刀は手入れも行き届いた逸品と見受けられた。

定寸《じょうすん》よりも長尺《ちょうじゃく》の、堂々たる大太刀《おおだち》である。

柄《つか》の菱巻が革の如くにつやつやしていることから、よほど手慣らしているものと一目で察しが付く。

木綿糸を巻いた柄に手の脂と汗がこれほど染み込んでいるのは、格好付けではなく得意の武器、すなわち得物《えもの》として刀を帯びていることの証左《しょうさ》なのだ。

「待たせたの」

「いや」

入ってきた意行に応じて、芹之介はいかつい顔を綻ばせる。

この二人、齢の離れた幼なじみである。

鴨井芹之介は紀州の郷士《ごうし》――半士半農の侍の悴《せがれ》だ。

幕藩体制の下に在っては武士として軽輩の部類であり、とても立身出世が叶う立場ではない。

その点は田沼家も似たようなもので、紀州藩に長年仕えているとはいえ、意行が吉宗付きの小姓の職に抜擢されるまでは代々の足軽だった。

身分が近いということもあって二人は幼い頃から仲が良く、国許では同じ道場に通って剣の腕を磨いたものだ。

しかし芹之介は青雲の志止み難く、得意な剣の道で出世を計らんと思い立って郷里を出奔した。

もう二十年近くも前のことである。

諸国を流浪して武者修行に励み、生まれ持った剣の才能こそ大いに高めることが叶ったものの、未だに芹之介は仕官するに至っていない。

紀州へは戻るに戻れず、流れ着いた江戸で不遇を託《かこ》っていた竹馬《ちくば》の友に意行は誘いをかけ、特命集団の一員に加わってもらっていた。

意行と芹之介に兵四郎を加えた、三人きりの部隊である。

小太刀と居合術の名手である意行に、大太刀遣いの芹之介。そして忍びの者の兵四郎が力を合わせて立ち向かい、少数精鋭で数々の難敵を打ち破ってきた意行一党だったが、こたびの刺客の始末は真実《まこと》に難事であった。

「日がな一日、大儀であったの」

「いやはや、面目ない」

労《ねぎら》う意行に、芹之介は申し訳なさそうに苦笑して見せる。

意行と兵四郎の主従が藩邸を探索している間、この芹之介は尾張藩士が公用で利用する旅籠をしらみつぶしに調べ廻ってくれていたのだ。

いかに隠形の術や七方出《しちほうで》（変装術）に長《た》けた忍びであろうとも、江都では素性を隠したまま旅籠に草鞋《わらじ》を脱ぐことはできない。不審な者と見なされ、密かに町奉行所へ通報されてしまうからだ。

今年二月に大岡越前守忠相《おおおかえちぜんのかみただすけ》が南町奉行に就任して以来、不審者の取り締まりはとみに強化されていた。

となれば刺客は尾張藩邸か、藩の息がかかった懇意の旅籠を拠点にして行動を起こすはず。

そう読んだ意行と芹之介は、兵四郎と共に丸一日を費やして探索を行ったわけだが、すべて空振りに終わってしまった。

「残るは麹町の拝領屋敷のみ、か……」

「左様」

「されば、兵四郎を差し向けたのだな」

「うむ。手筈通りにの」

「そうか……」

芹之介は溜め息を吐《つ》いた。

「あやつ一人に任さねばならぬとは、心苦しい限りだのう。されど、敵が手練の忍びともなれば、とても我らでは太刀打ちできぬからの……」

「そう申すな。なればこそ、兵四郎にすべてを託したのじゃ」

ぼやくこと頻《しき》りの朋友を、そっと意行は窘《たしな》める。

芹之介が苛立つ理由は重々承知していた。

本来ならば常の如く、三人揃って出陣したいところである。

だが、御庭番衆の結界をも易々と破ってのけるほどの術者を、腕に覚えの剣術のみで相手取るのは至難だった。

むろん、意行も芹之介も、我が身可愛さから身を退いたわけではなかった。

たとえ一対三で包囲したところで、逃がしてしまっては元も子もない。

万が一にも取り逃がせば敵は江戸市中の何処《いずこ》かに身を潜め、二度と尻尾《しっぽ》を摑《つか》ませぬことであろう。

そうやって隠形し続け、こちらの焦りを募《つの》らせた上で吉宗暗殺を決行するべく不意を突いて仕掛けてくるに違いない。

一刻も早く、確実に討ち果たさなくてはならないのだ。

ここは同じ忍びである兵四郎に始末を任せ、一騎討ちで仕留めてもらうことを期するより他にあるまい。

そう意行は決意し、加勢したいと主張する芹之介を説き伏せた上で兵四郎に事を命じたのだった。

「あやつを信じようぞ、鴨井」

「……不憫《ふびん》だの」

意行の言葉に頷きながらも、芹之介は嘆息を禁じ得なかった。

当年二十一歳の兵四郎は、息子にも等しい齢である。

この一年の間、幾度となく共に白刃《しらは》の下を潜ってきたことで、情《じょう》を覚えるようにもなっていた。

危地へ送り出すばかりで手を貸してやれないのが、何とも口惜しいのだ。

もとより意行とて、思うところは朋友と同じだった。

「鴨井」

「うむ？」

「先んじて断っておくがの、今宵は酒など出さぬぞ」

「承知の上よ」

意行の念押しに、芹之介は即座に答える。

お盆をひとたび迎えれば、十六日の送り盆までは生臭物《なまぐさもの》を一切口にしないのが決まりである。

酒を呑むことまで戒められていたわけではなかったが、意行と芹之介は兵四郎が無事に戻って来るまで、一滴も口にせずに待つ積もりなのであった。

男たちが決意を固めていた頃、辰は仏間に足を運んでいた。

仏壇の前に精霊棚が設けられ、盆燈籠《どうろう》が灯《とも》されている。

座した辰は、厳《おごそ》かに手を合わせた。

「御仏前をお借りいたしまする……」

女人はひとたび他家へ嫁げば、夫の先祖供養に務めなくてはならない。自分の先祖に祈ったり、何か願い事をするときには、婚家の先祖への祈りの場である仏間と仏壇を借りるという姿勢を示すことが不可欠であった。

「何卒、兵四郎さんの御身をお守りくださいませ……」

薄闇の中、辰は粛々《しゆくしゆく》と祈りを捧げている。

真摯な横顔が、燈籠の薄明かりの下に浮かび上がる。

息子とも想《おも》う青年の生還を心から願い、迎火に導かれて里帰りして来た田沼家の先祖たちに加護を乞うていたのであった。

五

その頃。

白羽兵四郎は紀尾井坂下にある、辻番所《つじばんしよ》の陰に身を潜めていた。

尾張藩拝領屋敷の表門を、すぐ間近に臨《のぞ》む場所である。

武家屋敷の周囲には、辻番所と称する番小屋が設けられている。

家中でも屈強の足軽が詰めており、不測の事態に備えて四六時中、表の障子を開け放ったままで目を光らせているのだ。

むろん、屋敷の門前にも別の番人が立っていた。

それにしても、警戒が厳重すぎる。

二人組で門を見張る番人は中間《ちゆうげん》ではなく、二刀を帯びた武士だった。それなりに腕が立ちそうなのは、通りすがりを装って確認済みである。佩刀の柄は使い込まれたものであり、六尺棒を携えた立ち姿にも隙がなかった。

のみならず、門内からも複数の武士の気配を感じ取ることができた。

尾張徳川家にとっては別邸にすぎないはずの拝領屋敷に、これほど厳重な警戒を敷く必要があるはずもない。

刺客の身柄を奪われまいとして、守りを固めているのだ。

大名にとって忍びの者は消耗品にすぎず、軽んじられる存在と見なされがちであるが、どうやら実態は違うらしい。

たしかに、兵四郎にしてみれば頷ける話だった。

如何《いか》に剣の技倆が秀でていようとも、城の奥深くにまで忍び入って敵将を暗殺してのけるなど無理な相談だ。

しかし、忍術を以てすれば可能である。

たとえ警戒の厳重な江戸城中といえども、兵四郎ならば御庭番衆を出し抜いて本丸の内奥へ潜入するのも不可能事ではない。

敵の甲賀者にも、同じ真似をやってのけることができるはずだった。

事を命じているのが藩主の徳川継友なのか、あるいは家中の不穏分子なのかは定かでないが、刺客に任じられた忍びの者は吉宗公暗殺の切り札として、よほど期待をかけられていると見なしていいだろう。

忍び入って討つのが手間となれば、敵が動き出すのを待つのが賢明だ。

兵四郎は暗がりに立ったまま、鋭い視線を坂上に向けていた。

いつもの草履《ぞうり》に替えて、足半《あしなか》を履いている。

書いて字の如く、足裏の半分だけの大きさの草履である。乱世の合戦場で徒歩《かち》武者が用いた、軽快な履物だ。

殊更《ことさら》に忍び装束《しょうぞく》は着けていない。

先程と同じ、茶染めの筒袖に細身の馬乗り袴を穿いただけの軽装であった。

得物も、左腰に差した一振りの大脇差だけであるらしい。

邪魔になる腰の風呂敷包みだけは何処かに置いてきたようだが、これから精強の刺客と一対一で渡り合うには、何とも頼りなさげに映る。

しかし、当の兵四郎は平然としていた。

両足を肩幅に開いた自然体《しぜんたい》で、臆することなく立ちん坊を決め込んでいる。

口を微《かす》かに開き、規則正しく息を継ぐ。

もとより酒気など帯びていないため、蚊も近寄ってはこなかった。

高台だけに夜気は涼しい。

意行と別れた後、張り込みながら携帯口糧の『兵粮丸《ひょうろうがん》』と『水渇丸《すいかつがん》』を食べておいたので、兵四郎は空腹も喉の渇きも覚えてはいない。

紀尾井坂を行き交う者は誰も居らず、辺りは真っ暗闇だった。

迎火も盆提灯も見当たらない。

尾張藩に限らず、江戸表に参勤中の諸大名が迎え盆の支度を念入りにやらせるのは、あくまで己が滞在する上屋敷だけである。

藩邸の予備に過ぎない下屋敷や拝領屋敷では魂棚も設えず、勤番の藩士たちがふだん通りの生活を営むばかりなのだ。

あるじが不在の屋敷に幾人もの番士が、それも腕利きの者ばかりが詰めていること自体が、そもそも不自然な話だと言えよう。

(ご拝領屋敷が刺客のねぐらとは、呆《あき》れ返ったものだな)

確信を込めて、兵四郎は胸の内でつぶやく。

(これほど安泰な隠れ家はないだろう。だが、そういつまでも留《とど》まったままでは

いられまいよ……)

吉宗の暗殺を企図した黒幕が誰であれ、頼みの刺客が江戸表に着到《ちやくとう》したというのに幾日も無駄飯など喰わせてはおかぬはずだった。

まして、今宵は絶好の折である。

将軍を守護する直参の旗本と御家人たちのほとんどは、盆の入りで自分の屋敷に帰っている。

御庭番衆こそ警護に就いてはいるが、今の江戸城の守備は手薄なのだ。

なまじ頭数を揃えても足手まといであろうという吉宗直々の判断故に、敢えてそうしているとは言っても、危うい状況には違いあるまい。

もしも兵四郎が討ち漏らせば、吉宗の命が危険に晒《さら》されることになる。

何としても仕留めなくてはならない。

若き忍びの頬が、我知らず強張《こわば》る。

しかし、ここで臆してはいられまい。

闘志を奮い立たせつつ、兵四郎は闇の向こうへと目を凝らす。

傍《かたわ》らの辻番所の中からは、物音ひとつ聞こえてこない。

開け放たれた障子戸の向こうには、二人の足軽が座している。膝隠しの衝立に両手をもたせかけ、胡座をかいたままの格好で気を失っていた。

兵四郎が隙を突いて水瓶に放り込んだ、眠り薬が効いているのだ。

警戒が厳重なようでいて、拝領屋敷の番士連中は詰めが甘い。見廻りにやって来るかと思いきや、一向に姿を見せる様子はなかった。もしも誰か現れれば声色《こわいろ》を遣ってごまかすつもりだったが、どうやらその必要はなさそうであった。

小半刻前、足軽たちが眠りこけたのを確かめた兵四郎は中に入り込んで二人を座らせると同時に、行灯《あんどん》に油をたっぷり足しておいた。これで夜更けまで灯火が消えることはなく、遠目には異変が起きたようには見えない。たまたま辻番所の前を行き交う者がいたとしても、ちょっと居眠りをしているのだろうと見なしてそのまま通り過ぎてくれるはずだった。

かくして偽装を済ませた上は身を潜め、見張りを続けるのみである。

と、兵四郎の視線の向こうに幾つもの提灯が浮かび上がった。

「お前《めえ》、もう酔っちまったのかえ？」

「てやんでぇ。これから腰を据えて呑《の》み直すんだよぉ」

笑い合いながら清水坂を下ってきたのは、着流し姿の若者たちだった。

兵四郎よりも幾つか年嵩《としかさ》の者ばかりである。

単衣の裾をからげて襟元をはだけ、両の脛《すね》と胸板を剝き出しにしている。

いつも往来で昂然と顎を上げ、肩で風を切って歩くのを常とする麴町の愚連隊の面々である。

もとより、兵四郎は夜目《よめ》が利《き》く。

提灯の明かりに頼らずとも、何処の連中なのかはすぐに見て取れた。

強張っていた頰が、いつしか緩んでいた。

町の人々にとっては厄介者《やっかいもの》揃いでも、旧知の兵四郎にとっては安心できる若者たちだったのだ。

あちらも気が付いたらしい。

「兵四郎の兄《あに》い！」

親しげに呼びかけながら駆けてきたのは、力士と見紛《みまが》うほどの巨漢だった。

新次《しんじ》、二十六歳。

愚連隊を束ねる、無頼の若者だ。

体付きがごついばかりではなく、目も鼻も大振りである。

しかし今は仁王像を思わせる厳《いか》めしい顔を綻ばせ、にこにこしながら兵四郎を見返していた。

何処《どこ》ぞで酒食のお振る舞いに預かったらしく、顔がいい色に染まっている。引き連れた弟分たちの中には酩酊している者もいたが、新次はほろ酔い加減といったところで、雪駄履きの足の運びもしっかりとしたものだった。

「こんな時分までお役目かえ、兄い」

「ああ」

労うような口調の新次に、兵四郎は白い歯を見せて頷き返す。

「おぬしたちは、いかがしたのだ?」

「盆踊りの櫓組みを手伝ってたのさ。俺《おい》らだってよぉ、たまにゃ町のみんなの役に立つってことを見せておかねぇとなぁ」

分厚い胸を反らせながらうそぶく様《さま》は、大人に向かって何か自慢をしてみせる子どものように無邪気なものだった。

強面《こわもて》の新次が兵四郎に打ち解《と》けた態度を取っているのには、理由がある。

一年前に江戸に出てきたばかりの頃、兵四郎は町娘に無体《むたい》を働こうとしていた新次を軽くあしらった。

それ以来、新次は兵四郎を「兄い」と呼んでいる。喧嘩で負け知らずの自分が一蹴《いっしゅう》されたのを恨みに思うどころか、五つも年下の兵四郎のことがすっかり気に入ってしまい、弟分になりたがっているのだ。

そんな無頼の若者は、兵四郎にとっては命の恩人でもあった。

梅雨の最中のことである。

やはり吉宗の命を狙ってきた刺客と単身対決した折、油断した兵四郎は鉄砲の名手だった敵の一弾を喰らい、瀕死の重傷を負わされてしまった。あと少しで一命が尽きんとしたときに見付けて実家に担ぎ込み、知り合いの名医を急遽連れてきて手術を受けさせてくれたのが、この新次なのだ。

以来、兵四郎も新次のことを他人と思えずにいる。

元を正せば、勝手に付きまとわれて閉口する相手でしかなかった。しかし今は身内に等しいとも思える存在となりつつあった。

だが、今宵ばかりは付き合うわけにいくまい。

これから始まらんとする暗闘に、大切な友を巻き込んではならないのだ。

「櫓組みの骨折り賃にって貰ってきたんだ。兄いも一杯呑《や》らないか？」

「お役目があるんだ」

角樽を掲げてみせる新次に、兵四郎は努めて素っ気なく答える。

「そうかい。じゃ、しっかり励んでくんねぇ」

新次は子細を問おうとはしなかった。

「ほら、行くぜぇ！」

後ろに控えていた十名余りの弟分たちに向き直るや、野太い声で告げる。

歩き去っていく愚連隊の面々に、兵四郎は目で別れを告げた。

新次たちは黙々と清水坂を抜け、溜池《ためいけ》を横目に四谷《よつや》御門へと足を向ける。

御門を通った先の町人地にある、馴染みの煮売屋へ繰り込んで呑み直すつもりなのだ。あらかじめ予定していた行動だったが、先頭を往《ゆ》く新次はむっつりと押し黙ったままでいた。

「へっ、付き合いの悪い野郎だぜ」

弟分の一人が、憮然とした様子でぼやいた。

顎のしゃくれた、見るからに生意気そうな面構《つらがま》えをしている。

井太郎《いたろう》、二十三歳。

新次の片腕を自認する若者である。愚連隊の頭《かしら》と仰ぐ新次に比べれば、大人と子どもほども身の丈が違う小男だった。

「あんな奴を構うこたぁありませんぜ。親分」

「余計なこと言うんじゃねぇ」

へらへら笑いかける井太郎を、新次は一言で黙らせた。

すっかり、仁王様のようなご面相になっている。

これでは機嫌を取るどころではない。

面白くなさそうにしながらも、井太郎は口をつぐんだ。

一同は無言のまま、四谷御門を抜けてゆく。

町人地へ出たとたんに、ぱっと周囲が明るくなる。お盆の間は商家であれ仕舞《しもた》屋《や》であれ、盆提灯を夜通し軒先に提げているからだ。

一つ一つはか細い明かりでも、これだけ連なっていれば光量は大きい。灯火を絶やさぬように、どの家でも蠟燭《ろうそく》を奮発しているとなれば尚のことだった。

（無事でいておくれよ、兄い……）

迎え盆の灯火に横顔を照らされながら、新次は胸の内でつぶやいていた。

（お役目だろうが何だろうが、無茶はいけねぇ。後生を大事にしてくんな！）

兵四郎が密命を帯びて行動する身であるらしいことに、新次はかねてより気が付いていた。

ご直参の家に仕える身とはいえ、一介の若党が鉄砲傷などを滅多に負うはずがあるまい。何をしているのかは判然としないが、一命を賭《と》して戦っている立場であるらしいというのは理解できていた。

恐らく、兵四郎は只の若党ではないのだろう。

富裕な農家の倅として何不自由なく育った自分には想像も付かない、きっと命懸けの御用を承る立場なのだ。あるじの田沼意行も単なる小姓ではなく、もっと大きな使命を負っている身に違いあるまい。だが、新次は何も知りたいとは思わなかった。もしも自分が正体を見抜いてしまえば、兵四郎は自分たちと関わりを持つことを避け始めるであろう。

そうなってしまっては元も子もない。

新次は、白羽兵四郎という若者を好いていた。

これからもずっと付き合っていきたければ、気付かぬ振りをし続けるのが一番だろうと割り切っている。されど、もしも自分で役に立てるときが来れば、命を懸けて助けてやりたいとも思い定めていた。

むろん、可愛い弟分の井太郎たちをほったらかしにするつもりはない。

皆が兵四郎を心から嫌っているわけではないのも、承知していた。

彼らは、あの若者のことを羨《うらや》ましがっているのだ。

腕自慢の新次が惚れ込むほど強いだけでなく、優しくて純粋な性根の兵四郎のことを実のところは気に入っていればこそ、表向きは生意気な態度を取りたがるのだろう。

それに、今まで絶対の頭として仰いできた新次が、兵四郎の前に出たとたんに子どものようになってしまうことに、嫉妬《しっと》もしているに違いない。

新次が貫禄を保っていなくては、弟分は寄る辺を失ってしまう。

本所《ほんじょ》の押上村《おしあげむら》で組頭《くみがしら》を務める実家が有り、更生すればいつでもやり直しが利く新次と違って、井太郎たちは孤児揃いである。

自分のことを親分と呼んでくれる皆を、決して見放してはなるまい。

「おい、お前ら！」

手にした角樽を、新次は高々と持ち上げた。

「今夜はよぉ、こいつを空けちまうまでは潰れるんじゃねぇぞー」

「合点でい！」

すかさず、井太郎が呼応する。

愚連隊の面々は肩を叩き合いながら、通りを闊歩していく。

迎え盆の夜が更けゆく中、ずらりと連なった盆提灯の明かりは絶えることなく江都の小路を照らし続けていた。

六

白羽兵四郎は独り、清水坂下の暗がりに立ち続けていた。

盆提灯ひとつ出ていない界隈には、月の光がしらじらと差すばかりである。

新次たちと別れてから、すでに数刻が過ぎている。

(すまないなぁ、祖父《じい》ちゃん)

盆の入りだというのに、唯一の肉親だった祖父の魂のために迎火を焚いてやることもできないのを、兵四郎は心の内で詫びていた。

ともあれ、今は使命を果たすことに専念しなくてはならない。

町境を区切る木戸は疾《と》うに閉じられており、人の通りも完全に絶えている。

しかし、屋根から屋根へ伝って移動することのできる忍びの者にとっては木戸など物の数ではない。むしろ人気が無くなった時分にこそ、誰からも邪魔されることなく縦横に動き回れるのだ。

もしも兵四郎が将軍暗殺の密命を帯びて江戸城中に潜入するならば、そろそろ行動を起こしたい頃合いであった。

つまり、敵も忍びならば同じことを考えるはずである。

（来る……）

兵四郎の予感が的中したのは、深更に至った頃のことだった。

拝領屋敷の潜戸《くぐりど》が開き、長身の影が路上に映じた。

正門前の番士たちは素知らぬ顔をしている。かねてより打ち合わせ済みの行動なのであろう。

影の主はそのまま振り向くことなく、清水坂を駆け下りていく。

身の丈は、さほど兵四郎と変わらない。頭巾で隠されているために顔形は判然としないが眉が太く、眼力の強い男だった。

目元の張りから察するに、齢も兵四郎と同じぐらいだろう。

黒い忍び装束に身を固めた男は寸の詰まった忍者刀ではなく、武士が佩用《はいよう》するのと同じ定寸の大刀を帯びていた。

（伊達に差しているわけではあるまい。もしや、士分なのか）

夜目ばかりか遠目《とおめ》も利く兵四郎は柄の状態を見て取るなり、相当に手慣らした一振りと察しを付けた。

だが、敵は紛れもなく忍びの者であった。

黒装束の男は軽やかに駆け、坂をぐんぐんと下ってくる。草鞋履きの足の運びは日に幾十里も踏破することの可能な早足《はやあし》の物——忍者に相違なかった。

潜んでいた物陰から、兵四郎はずいと身を乗り出す。

「!」

男が機敏に立ち止まった。

夜目が利くのは、あちらも同じらしい。

こちらの間合いへ踏み込むまでには至らず、寸前で静止してのけたのはさすがと言えよう。

ともあれ、対峙したからには雌雄《しゆう》を決するのみである。

無言のまま、兵四郎は両の手を左腰の大脇差に伸ばしていく。

右手は、柄へ。

左手は鍔元へ。

ぐんと鞘を引き絞り、急角度に抜き打つ。

刹那、重たい金属音が響き渡った。

敵の反応は迅速だった。

兵四郎が見舞った袈裟《けさ》斬りを、抜き上げた刀身で受け止めたのだ。

横一文字にした刀身は、微動だにしない。下から支えるようにして、柄を五指《ごし》できっちり握り込んでいるからである。剣術用語で止め手《て》と呼ばれる、刀を防具として活用するための手の内《うち》であった。

この男、ただの忍びではない。

何者に伝授されたかは判然としないが、武士の剣技を仕込まれている。

しかも、なまじの侍より遥かに正確な刀捌きなのである。

よほど優れた師匠の下で修行を積んで来なくては、瞬時に手の内を定めて防御することなどは叶うまい。

ぐんと伸び上がるようにして、敵は刀身を押しこくった。

膂力《りょりょく》も足腰も、相当に強い。

堪《たま》らず、兵四郎の体勢が僅《わず》かに崩れた。

「む！」

合わせた刃を打っ外《ぱず》すや、兵四郎はその場跳びで宙に舞った。

鋭い刃音《はおと》を上げて、男は刀を横一文字に振り抜く。

足元すれすれに、刀勢《とうせい》の乗った一閃《いっせん》が行き過ぎてゆく。もう一寸でも見切りが甘ければ、兵四郎は足首を断たれていたことだろう。

着地したところに、間を置くことなく真っ向斬りが迫り来る。

軽やかな金属音が上がった。

敵の斬撃《ざんげき》を、兵四郎は袈裟に振り下ろした大脇差で打ち払ったのだ。

攻めには攻めで応じる、果敢な戦法だった。

しかし、男の打ち込みの強さは兵四郎を遥かに凌駕《りょうが》していた。

二の太刀を振るわんとした瞬間、横殴りの一撃が見舞われた。

縦にした刀身で受け止めた刹那、兵四郎の大脇差が真っ二つに折れ飛ぶ。

「⁉」

驚くより先に、兵四郎は後方へ飛び退《すさ》る。

されど、今度は敵も後《おく》れを取りはしなかった。

殺到してくる刃に対し、兵四郎は左腕をぶんと振るう。

自ら、腕一本を捨てたわけではない。筒袖がまくれて剝き出しになった兵四郎の両腕には籠手《こて》が装着されていた。丈夫な革の表地の下に鉄板が仕込まれている合戦仕様の武具だ。

狙い澄まして打ち払ったのは、敵の刀身の側面だった。

もしも刃を食い込まされてしまえば、どれほど頑丈な籠手であろうとも腕ごと断ち割られてしまいかねないからだ。

目論見は功を奏し、敵は一瞬つんのめる。

その隙を突いて、兵四郎は身を翻《ひるがえ》した。

単衣の下には鎖帷子《くさりかたびら》も着込んではいたが、苛烈《かれつ》な斬撃を防ぐことができるとは考え難い。敵は忍術と剣術を併せ修めた、類《たぐ》い稀《まれ》なる手練なのだ。

（こやつの剣は本物ぞ……）

今こそ兵四郎は確信していた。

この男が東海道を下ってきて江戸の御府内へ侵入したとき、最初に迎撃した御庭番衆が多大な犠牲を強いられたのは、忍術に翻弄《ほんろう》されただけではない。余程の手練から仕込まれたと思《おぼ》しき、この剣技にしてやられたのだ。到底、真正面から斬り合って制することが叶う対手ではなかった。

半分にされた大脇差を引っ提げたまま、兵四郎は疾駆《しっく》した。

駆ける。

駆ける。

駆ける。

だが、敵は脚力も抜きん出ている。

溜池の畔《ほとり》に兵四郎を追い込むまでに、さほどの時はかからなかった。

間合いを詰めてきただけではない。

疾駆する兵四郎の耳元をかすめて、太い棒手裏剣が飛ぶ。

一本だけではない。幾本も、続けざまに背後から打ち放ってくる。

(闇夜の打ち……か)

それは忍びの者が夜戦《やせん》で用いる手裏剣術の一手だった。

間合いが計れぬ、動く標的に向かって一本ずつ狙い打っても確実に命中させることができるとは限らない。

ならば一度にまとめて二本三本と投じ、命中率を高めた方が良い。かかる発想の下に仕掛ける戦法だった。

男は刀を鞘に一旦納め、忍び装束の隠し(ポケット)から矢継ぎ早に手裏剣を抜き打ちながら迫ってきていた。

半折れにされた大脇差で弾き、籠手で打ち払いながら兵四郎は駆け続ける。

しかし、とうとう溜池の水際にまで追いつめられてしまった。

薄闇の向こうから、たゆたう波音が聞こえてくる。

飛び込もうとすれば、それこそ命取りである。身を躍らせんとした瞬間、全身が無防備になったところを狙い打たれるのは目に見えていた。

「これまでだ」

頭巾の下から、男は淡々と告げてくる。

もはや手裏剣は出さず、再び鞘走らせた刀を中段に構えている。

その剣尖《けんせん》は油断なく、兵四郎の喉元に向けられていた。

「く！」

兵四郎は悔しげに歯噛みしながらも、きっと対手を見返した。

男は動じることもなく、じりじりと間合いを詰めてくる。

と、そのとき。

近間《ちかま》になった二人の頭上で、ぱっと何かが瞬いた。

忽然と現れたのは、あろうことか人魂《ひとだま》だった。

発光しながら出現した球体は、中段に取った男の剣尖に止まるや、ばちばちっと火花を散らす。

刹那、兵四郎の手元から一条の刃が放たれた。

人魂の光明を頼りに放った、必殺の一打であった。

「ぐ……」

断末魔の呻《うめ》きを漏らしながら男は崩れ落ちていく。面体を覆い隠した頭巾越しに眉間を撃ち抜かれ、一撃の下に事切れていた。

兵四郎が打ち放ったのは、馬針《ばしん》と呼ばれる投擲《とうてき》武器である。

折れた大脇差を右手に握ったままで、左手の中に隠し持っていた馬針を投じる機をずっと窺っていたのだ。

出会い頭《がしら》の応酬において一撃必殺の得物を用いなかったのも、まずは対手の力と技を見定めるためであった。

如何なる強者であろうとも、どこかに隙はある。

敵は兵四郎が手裏剣を遣うとは気付かず、剣の技で圧倒したことによって慢心していたのだ。

とはいえ、もしも人魂が現れなければ勝機は訪れなかったことだろう。良くて相討ちに持ち込むのが精一杯だったに違いない。

「ありがとう、祖父ちゃん」

心から謝意を込めて、兵四郎はつぶやく。

迎え盆の供養も何もできずにいた不肖の孫のために、亡き祖父の魂が出てきて力を貸してくれたのだと悟っていた。

形見の大脇差——生前に祖父が愛用していた忍者刀を打ち折られてしまったというのに怒りもせず、絶体絶命の危機から救ってくれたのだ。

男が息絶えているのを確かめると、兵四郎は歩き出す。

折れた大脇差は鋳《い》つぶして鍛え直し、馬針として再生させるつもりだった。

白羽兵四郎は、負けることも退《ひ》くことも決して許されぬ戦士である。

対する敵は必ず討ち取り、凶行が引き起こされるのを未然に防がなくてはならないのだ。

きつい役目である。

それでも、この若者は任務を投げ出そうとは思わない。

兵四郎は自分が命を懸けるに値する、大切な者たちを護るために戦っているという自覚を持っているからだ。

征夷大将軍その人だけではない。

親代わりになって自分を育ててくれた田沼夫婦をはじめ、この江都で縁《えにし》を結ぶに至ったすべての親しい人々の安寧を護るために、破邪の剣を振るう。

かかる決意の下に、若き戦士は日々戦い続けていたのであった。

七

そして翌日、七月十四日——。

非番に預かった田沼意行は菩提寺の住職を招《しょう》じ、辰と共に先祖の精霊供養を厳かに執り行った。

多くの直参たちは、たとえ非番であろうとも中元の祝儀を頂戴するために登《と》城《じょう》しなくてはならないところである。

御目見得、つまり将軍への拝謁《はいえつ》が叶う旗本の中でも褒美《ほうび》を授かることができるのは親が存命の者に限られている。片親のみの者は十三日、双親共に健在ならば十四日に目録を受け取り、城中で馳走に預かるのだ。

されど、田沼意行の父母はすでに亡い。

祝儀が遣《や》れぬ代わりにと、吉宗は格別に非番を与えてくれていたのである。

主人が出仕に及ばぬならば、奉公人たちも安心して里帰りをさせてもらうことができる。辰は気を利かせ、男衆のみならず女中たちにも休みを遣っていた。

兵四郎も一日遅れで、藪入り（休暇）の運びとなった。

「ゆるりとして参れ」

鷹揚《おうよう》に告げる意行に続いて、辰が懐紙包みを差し出す。

「些少《さしょう》ですがお持ちなさいな。だけど、羽目を外しすぎちゃ駄目ですよ」

「有難う存じます」

兵四郎は恭《うやうや》しく一礼する。

藪入りを過ごす先は、すでに決めてあった。

青空に入道雲がむくむくと湧き立っている。

深川《ふかがわ》の木場《きば》の先にある洲崎《すさき》の浜では、新次たち愚連隊の面々が褌一丁になって盛んに水を掛け合ったり、相撲を取っていた。

「おらおらっ」

「てやんでぇ！」

お盆の最中に不謹慎なこととも見なされようが、今は海水浴にはお誂え向きの頃合いでもあった。

明後日の十六日になって盆が明ければ、精霊棚の飾りが一斉に市中の川へ投じられる。七夕の竹飾りと同様に、ぜんぶ海の向こうへ流されるのだ。

送り盆の当日には野菜を拾おうと出張《でば》ってくる人々も多いが、今日明日の二日間はどこの浜辺も空いている。

それをもっけの幸いとばかりに、新次たちは繰り出してきたのである。

昨夜は遅くまで呑んでいたであろうに、どの者も宿酔《ふつかよい》をしている様子など毛ほども感じさせなかった。

泣く子も黙る無頼の愚連隊連中も、こうしていれば誰もが皆、頑是《がんぜ》無い幼子のようである。

と、先頭に立ってはしゃいでいた新次の顔が輝いた。

「俺も仲間に入っていいかい」

西瓜《すいか》をぶら下げた兵四郎が微笑んでいる。

「泳ぎっこしようぜ、兄い！」

「よーし」

新次に笑顔で答えるや、兵四郎はおもむろに袴紐を解く。

陽光の下に、逞しい裸体が露わになった。

「へっ、負けてたまるもんかい」

しゃくれた顎を上げてうそぶくや、井太郎は猛然と波に乗って飛び出す。

もとより、正式の泳法など知りもしない。

庶民の子がみんなそうしているように、水に浮かんで自然に体を動かすことを子どもの頃から試みているうちに身に付いた動きであった。

達者な水練《すいれん》ぶりだったが、迫り来る兵四郎はもっと速い。

しなやかな腕が水を掻き、逞しい腿が波を打つ。

「お！」

井太郎が思わず感嘆の声を上げた。

盛大に水をぶっかけられたというのに、怒ってはいない。

「やるじゃねぇか、紀州の山猿がよ……」

憎まれ口を叩いていても、井太郎の小さな目は柔和な光を湛《たた》えている。

「俺《おい》らもいくぜぇ！」

新次の歓声を合図に、他の面々も一斉に海へ飛び込んでいく。

夏の一日を満喫する若者たちを太陽は燦々《さんさん》と、優しく照らしてくれていた。

かくして兵四郎が束の間の安らぎを覚えていた頃、尾張藩拝領屋敷の内奥では二人の男が密談の最中であった。

「いやはや、面目ない」

ちろりと舌を出して見せたのはまだ年若い、身なりの良い武士だった。優美な顔立ちをしていながら、切れ長の双眸《そうぼう》は剣呑《けんのん》な光を帯びている。

だが、今は弁解しきりの有り様《さま》である。

「もう忍びは嫌じゃ、武士になりたいと申す若造を首尾ようそそのかして刺客を請け負わせたところまでは良かったのだが……敵を甘《あも》う見過ぎていたのう。まったく、今日びの忍びは役に立たぬわ。そうは思わぬか、ご老人？」

臆面もない言い種《ぐさ》だった。

自分が死に追いやった若き甲賀者など、微塵も哀れんではいない。己が采配《さいはい》の甘さ故に事が不首尾に終わったのを、体良《てい》くごまかしているだけなのだ。

若い武士の名は徳川宗春《むねはる》、二十一歳。

尾張の現藩主・徳川継友の異母弟である。

黙って耳を傾けていた老爺の名は新井筑後守白石《あらいちくごのかみはくせき》、六十一歳。

八代将軍を暗殺するべく手練の刺客を送り込んだ黒幕とは、御三家の一族たる徳川宗春だった。そして片棒を担いでいたのは、かつて政治顧問として天下政《まつりごと》を牽引した、大物儒学者の白石だったのだ。

白石は吉宗を征夷大将軍の座から引きずり下ろすべく、かねてより数々の謀略を用いてきた。

荒くれ者の臥煙《がえん》（火消）や幕政に不満を抱く直参旗本をそそのかし、火付けの騒ぎを連続して起こさせたのは、昨年の末から年頭にかけてのことであった。

そして裏に存在していた、真の黒幕こそが徳川宗春その人なのだ。

江戸市中で騒ぎを起こすだけでは手ぬるいと宗春が言い出し、兄の目を盗んで吉宗を暗殺してしまうべく刺客を送り込んだのは、これで二度目になる。

先だって差し向けた狙撃手も、やはり宗春が手配した者であった。

雑賀《さいか》衆の流れを汲む百発百中の名手との触れ込みだったが、やはり田沼意行が子飼いの若党の手にかかり、敢えなく討ち果たされてしまっている。

一度あることは二度、二度あることは三度あるという。

三たび刺客を用意したとしても、また仕損じるのが落ちではないのか――。

喉元まで出かかった言葉を、白石は辛うじて呑み込む。

「次こそは仕損じるまいて。大船に乗った積もりでおるがいいぞ、ご老人！」

「は……」

自信満々の宗春に対し、慇懃《いんぎん》に一礼したのみであった。

尾張藩拝領屋敷を辞去した白石は、疲れた様子で家路に就いた。

老儒学者の住まいは遠い。

御城下の麴町から日本橋《にほんばし》の箱崎《はこざき》まで歩き、永代橋《えいたいばし》を渡った先の深川である。

深川の一色町《いっしきちょう》に在る寓居《ぐうきょ》は御役御免になった後、ほんの一時凌ぎのつもりで借りた家だった。小石川《こいしかわ》の柳町《やなぎちょう》に土地を得て普請した屋敷は棟上げも無事に済み、今月の二十日過ぎには移ることが叶う見込みとなっている。法事を明日済ませ、十六日に盆が明ければ、速やかに引っ越しの準備を始める予定だった。

この狭い借家とも、いよいよお別れだ。

しかし、喜びに浸ってばかりはいられない。

溜め息を吐きつつ着替えを済ませた白石は、文机《ふづくえ》の前に座る。

「情けなき哉《かな》、甲賀者……いや、あの若君こそ当てにならぬのだがのう……」

弱々しげにひとりごちながら、墨を擦り始める。

公職を退いて以来、白石は著述に専念している。

気苦労の絶えぬ政の表舞台から身を退いて、心置きなく余生を過ごしながら筆を執る。それは青鬼の異名を取る辣腕《らつわん》の政治顧問だった頃からの夢であった。

しかし今、筆を執る白石の顔は青白い。

梅雨明け以来、旱になるほど日々照り付けているというのに、碌《ろく》に陽の光に当たっていないらしかった。これでは身体も悪くなろうというものだろう。

「う……」

白石は続けざまに咳をした。

苦しげに喘《あえ》ぎながらも、つぶやかずにはいられない。

「まだじゃ……儂《わし》は、まだ死ねぬ」

病を抱える身でありながら、この老人は何とかして幕政の現場に、今再び返り咲くべく執念を燃やし続けていた。

吉宗が名君と賞賛されていることを、白石は認めていない。

かつて政治顧問として為した献策はことごとく否定され、精魂を傾けて改定を実現させた政令も、ごく一部の例外を除いては旧に復されてしまっている。

こちらが心血を注いで成したことなど、刷新された幕政においては無用の存在としか見なされていないのだ。

個としての尊厳を傷付けられただけならば、耐え忍んでいれば良い。

だが、吉宗の政は白石にとって納得の行かぬことばかりだった。

紀州派を形成して幕政を牛耳《ぎゅうじ》り、ことごとく政策を改めて、この日《ひ》の本《もと》という国を悪しき方向へ持っていこうとしているとしか思えない。

なればこそ、速やかに除かずにはいられないのだ。

たとえ老骨に鞭打ってでも奮戦し、政を本来のあるべき姿に戻してやらなくてはなるまい。

それこそが己に残された生涯最後の役目なのだと、白石は思い定めていた。

「今に見ておれ……」

閉じた障子越しに差す、淡い光の下で白石は繰り返しつぶやく。

八代将軍を亡き者にするまで、老いたる青鬼の執念は尽きそうになかった。

第二章　燃えろ若豹

一

享保二年（一七一七）の七月も末に差しかかっていた。

陽暦ではもうすぐ八月を過ぎ、九月になる頃だ。

江戸城の吹上御庭でも、茂れる青葉が少しずつ色づきつつある。

相変わらずの旱《ひでり》続きではあるが、御庭番衆が表の役目として従事する手入れを日々怠らずにいてくれる甲斐あって、どの草木も健やかに根付いていた。

「すっかり秋だのう」

昼下がりの木洩《こも》れ日を浴びながらつぶやいたのは徳川吉宗、三十四歳。

柳営《りゅうえい》を統《す》べる、若き徳川八代将軍である。

多忙極まる政務の合間を縫っての散策の供をしているのは、佩刀《はいとう》を捧げ持った田沼意行、ただ一人のみだった。

「今日も佳き日和で何よりじゃ……」

張りのある声でつぶやきつつ、吉宗は大きく伸びをする。

身の丈は五尺二寸（約一五六センチメートル）ばかり。当時の成人男性のほぼ標準といった身長である。

激務の毎日が打ち続いていても、疲れた顔ひとつ見せはしない。

別に無理をしているわけではなく、いつも心身共に健康そのものなのだ。

紀州藩主だった当時から、吉宗は健やかに長命を保つことができるようにと肝に銘じ、何事にも節度を保ちながら日々を過ごしていた。

食事は朝夕の二度のみで、一汁三菜と決めている。

好きな酒も度を過ごさず、美女を身辺に侍らせることも好まなかった。将軍職に就いて早々に大奥から見目形良い奥女中五十余名を選び出すや、一斉に暇を出したのは有名な話である。

酒色のみならず、贅沢《ぜいたく》も慎んでいる。たとえば着衣の素材には木綿と麻のみを用いており、絹物は身に着けたいとも思わない。

一年前の将軍職就任と同時に喧伝《けんでん》され、世の人々の感心を集めた新将軍の倹約ぶりは、江戸入りと同時に始めたこととは違うのだ。

当人にしてみれば、ごく当たり前の日常であった。

征夷大将軍に限らず、政務に携わる者は皆、御用繁多と決まっている。

それを承知していながら深酒や荒淫《こういん》に耽り、高価な品を身に着けたり蒐集《しゅうしゅう》することに血道を上げるのは、愚行以外の何事でもないだろう。

何事にも節度を心得て毎日を過ごし、日々の務めを遺漏無くこなしていくのを吉宗は第一義としていた。

明け六つ（午前六時）には起床して身支度を済ませ、奥医師団の診察を受けた上で朝五つ（午前八時）に朝食を摂《と》る。

朝五つ半（午前九時）に大奥へ渡り、御仏間で歴代将軍の位牌を拝む。

しかる後に同じく大奥内にある御小座敷《おこざしき》へ移動し、奥を取り仕切る女たちから朝の総触《そうぶれ》と称される挨拶を受けることになる。かくして女護ヶ島《にょごしま》へのご機嫌伺いを済ませた後は居住・執務の空間である中奥《なかおく》へ戻り、四書五行《ししょごぎょう》の講義と刀槍《とうそう》の術の稽古に取り組むのだ。

実に慌ただしい時間割だったと言えよう。

四つ半（午前十一時）に登城《とじょう》してくる老中や若年寄が御目見得してくるのに応じ、政務についての諮問《しもん》を受けなくてはならないため、歴代将軍の中には学問も稽古も短時間で集中してこなすのを苦とする者も少なくなかったが、吉宗は昼《ひる》餉《げ》を抜いているため時間に余裕があり、頭と体を存分にほぐした上で政務に取り組むことができていた。

とはいえ午後からの御用——老中たちより託された諸々の懸案事項への決裁は膨大な量であり、特別な行事の予定でも入らぬ限りは一日とて休めない。

一応は昼八つ（午後二時）に大奥で暫《しば》し休憩したり、日が暮れると同時に執務を切り上げて夕餉を済ませ、夜五つ（午後八時）に再び大奥へ渡って夜の総触を受けた上で五つ半（午後九時）に就寝という予定になってはいたが、吉宗は午後の休憩を取ろうとせず、夕餉中にも政務を続行するのが常だった。

いつも五つ刻には総触のために一時だけ大奥入りはするものの、すぐに中奥へ戻ってきて深更まで御用に励んでいる。忙しいときには寝所にしている御休息《ごきゅうそく》之間《のま》まで決裁待ちの書類を運ばせたり、御側御用取次の有馬《ありま》四郎《しろう》右衛門《えもん》氏倫《うじみち》か加《か》納《のう》角《かく》兵衛《べえ》久通《ひさみち》を呼び付け、寝間着姿のまま不審の儀を問い質《ただ》したりすることもしばしばであった。

夕餉の折に酒の量を控え、女人を遠ざけていたのも、夜なべの残務処理を滞りなくこなすことを第一に考えていたがためと言えるだろう。

このように朝から晩まで予定が詰まっているとはいえ、何の気晴らしもせずに無理を続けていれば、たちまち参ってしまったに違いない。

生来活発な吉宗は、屋外で動き回ることをこよなく好む。

さすがに遠乗りや鷹狩りには頻繁に出かけるわけにもいかないが、今日のように好天に恵まれた日には御庭を散策して、気分転換を図るのだ。

日課の散歩は、政務を円滑に進めていく上でも大いに役立っていた。

有馬と加納を初めとする紀州藩以来の近臣たちを抜擢し、要職に就けることで一大派閥を固めたとはいえ、新将軍としての体制は未だ盤石とは言い難い。

そこで吉宗は幕閣内でも古株の、言い方を換えれば新体制を快く思っていない可能性を孕《はら》んでいる諸役の大身旗本たちや諸大名を散歩に同道させ、腹を割って語り合う機会とすることを試みていた。昼九つ半（午後一時）に下城する頃合いを見計らって声をかけ、送りがてら言葉を交わすのだ。

本丸内から各城門の手前に至るまでの短い距離とはいえ、畏《おそ》れ多くも将軍が御自ら見送りをしてくれるとなれば、恐縮せぬ者はいない。

しかも城中で下座に控えて御目見得するのではなく、口うるさい御側御用取次を交えずに一対一で話ができるのである。打ち解けてくれたのも当然だった。

そうすることで、自分に不満を抱く旗本や大名を一人でも減らしたい。吉宗は斯様《かよう》に心がけ、日課の散歩も政務の一環に活用していたのだ。

今日は子飼いの意行のみを伴わせた散策である。

庭園の小道を辿りながら交わす会話も、実に気楽なものだった。

「実りの秋も近いとなれば、食膳の賑わいが楽しみだのう」

「もうすぐ初鮭《はつざけ》の時期にございますれば……月が明ければ、はららご（いくら）も御食膳に上《のぼ》せ奉ることが叶うかと存じまする」

「それは待ち遠しいの。はははは……」

紀州藩に在《あ》った頃にも小姓として傍近くに仕えさせていただけに、吉宗は大いに寛《くつろ》いでいた。

まして意行は密命を奉じ、特命集団を率いて吉宗の治世を脅《おびや》かす悪を人知れず討ち果たしてくれている立場なのである。

一介の小姓とはいえ、預かる信頼は人一倍大きかったと言えよう。

いつもは中奥にある吉宗の私室――御用之間《ごようのま》で会うのだが、二人きりで言葉を交わすにしても青空の下のほうが格段に気分も良い。

本来は小姓頭取《とうどり》しか入室を許されぬ御用之間に、格下の意行がしばしば出入りをしていては、要《い》らざる誤解や嫉妬《しっと》を招く恐れもある。意行当人のみならず召し使う吉宗にとっても望まざる事態であった。

もとより、吉宗とて麗《うら》らかな日差しの下で浮かれているばかりではない。

「先だっては大儀であったの。兵四郎めは十分に労《ねぎろ》うてやったか？」

「恐れ入りまする」

歩きながらのさりげない一言に、意行は立ったまま深々と頭を下げる。

将軍暗殺を狙って送り込まれた刺客は単独犯だったらしく、兵四郎が一騎討ちで仕留めた後は、何の異変も起きてはいない。黒幕が真に尾張藩だったのか否かは判然としないままだが、当面の危機は去ったと見なしていいだろう。

「権中納言《ごんちゅうなごん》殿を疑いとうはないが、向後《こうご》は気を付けねばなるまいの」

「御意《ぎょい》」

権中納言とは尾張藩主・徳川継友の官名である。

今年は参勤のため市ヶ谷御門外の上屋敷に滞在しており、去る七月七日（陽暦八月十三日）には登城して吉宗より直々に七夕の祝儀を賜ってもいた。

来る二十八日（同九月三日）は月次《つきなみ》御礼の拝謁《はいえつ》の儀、そして月明け早々の八月一日（同五日）には東照大権現こと徳川家康公が江戸城入りした日という故事にちなむ八朔《はっさく》の祝賀が控えている。

もしも継友公が吉宗暗殺を企図した黒幕とすれば、八朔あたりに何かしら事を仕掛けてくる可能性は否めない。

「あの気弱な御仁《ごじん》が、まさか儂《わし》の命を狙《ねろ》うて参るとも思えぬが、のう……」

「は」

吉宗のつぶやきに、意行は言葉少なに頷《うなず》き返す。

屋外の警備に就いている御庭番衆は皆、意行が闇の特命集団の頭領であることを承知済みである。何を見聞きされても案じるには及ばない。尾張藩の件にしても先頃まで諸国探索御用のため江戸を留守にしていた頭領の藪田定八が帰還したのに伴い、本腰を入れて探りを入れることが決まっていた。

「とまれ、油断せぬように心がけると致そうぞ」

気を取り直した様子で、吉宗は続けて言った。

「して田沼、このところは城下も平穏無事であるらしいの？」

「御意。上様のご威光は江都の隅々まで行き届き、民草《たみぐさ》は日々の営みに勤《いそ》しんでおりまする」

三歩下がって歩を進めながら、意行は慇懃《いんぎん》に即答した。

「それは重畳《ちょうじょう》……」

満足げに頷きつつ、吉宗はふっと表情を曇らせた。

「されど、芳《かんば》しからぬ噂など聞いてはおらぬか」

「何と仰《おお》せになられまする⁉」

将軍の面《おもて》に憂《うれ》いの色が差したのに気付き、意行の声が微《かす》かに震える。

果たして打ち明けられたのは、このところ意行自身も密かに危惧《きぐ》していた一件であった。

「たとえば、湯島《ゆしま》の聖堂《せいどう》じゃ」

「は……」

「構わぬ。何であれ申すが良い」

「されば、畏れながら申し上げまする」

優美な眉《まゆ》を引き締め、意行は厳《おごそ》かに言上した。

「件《くだん》の御講義、どうにも人の入りが悪い由《よし》にございます」

「やはりのう……」

吉宗は苦笑を禁じ得なかった。

庶民教育のため、公儀は今月から新たな政策を実施していた。

湯島の聖堂とは、将軍家の侍講《じこう》を代々務める朱子学《しゅしがく》派儒学者の一門・林《はやし》家の私塾のことである。

本来は一門の門人たちが学ぶ場を一日おきに、半《はん》（奇数）の日に限って一般に開放される学問所とし、武家と町家の別を問わず聴衆を広く集めて、儒学の講義を行うことを吉宗は始めさせたのだ。

下《しも》つ方《かた》の人々が見識を高め、朱子学の根幹を成す上下の分《ぶん》を学んだ上で各々の職分《しょくぶん》に励んでくれればこそ、日の本は幾久しく安泰となるに違いない。

かかる信念の下に始めさせたことだったのだが、どうにも受講者の集まりが芳しくなかった。

吉宗にも意行にも、原因は察しが付いている。

当代の林家の当主であり、大学頭《だいがくのかみ》に任じられた林信篤《のぶあつ》（鳳岡《ほうこう》）の講義の評判がよろしくないのだ。

信篤は当年七十三歳。寄る年波もあるのだろうが、言っていることが甚《はなは》だ判りにくく、吉宗自身も午前《ひるまえ》に講義を受けているものの理解に苦しむ点が多い。紀州藩主だった頃から学問が不得手だったという点を差し引いて考えても、侍講たる信篤が人を教え導くのに有能な人材とは考え難かった。

聖堂の講義に聴衆が集まらない点についても、すでに吉宗は直々に信篤へ叱責《しっせき》を加えている。

対する言い訳というか愚痴が、また振るっていた。

さすがに吉宗に言上《ごんじょう》する気はなかったらしく、老中連へこっそり漏らすのみにとどめたことなのだが、このところ深川で評判の石地蔵にさえご利益を求めて参拝する者が引きも切らないというのに、林家の当主たる自分の講義に愚民どもが集まらぬとは甚だ怪《け》しからぬ……と立腹したらしい。

さらには高齢の自分が毎日講義をするのは苦痛だと申し立て、門下の者に代講を任せたいとも申し出てきている。

かつて学者としても政治顧問としても辣腕《らつわん》を振るった新井白石とは、まったく比べ物になるまい。家祖の林羅山《らざん》の英邁《えいまい》さなど、望むべくもなかった。

信篤にとって脅威の存在だった白石を排し、家康公の御世《みよ》から重用されてきた林家を保護する方針を採ったことが、どうやら裏目に出たと言えよう。

しかし、今になって白石を柳営に復帰させるわけにもいくまい。

七十三歳の信篤より若いとはいえ、今年で還暦を迎えた老人なのだ。しかも生来病弱な身であると聞く白石に、新体制の下で激務を強いるのは気の毒なことだとも吉宗は考えていた。

とはいえ、湯島聖堂の不評ぶりをこのまま見逃してもいられない。代講の件についてはとりあえず許可を出してはいたが、教授が幾らか若返っただけで聴衆が急に増えるとも思えなかった。

「困ったことじゃ。何としたものか、田沼?」

「大学頭様のご器量云々もありましょうが、やはり民には学問に費やす時が無いのでありましょう」

「さもありなん、だの」

言葉を選んでの答えに、吉宗は異を唱えはしなかった。

「己が生業《なりわい》に励むは美徳なれど、今少し学問に関心を持ってもらいたいものだが……皆が皆、おぬしのようには参らぬということなのかな?」

「何と仰せでありますか」

はっとする意行に、吉宗は続けて言った。

「存じておるぞ。おぬし、冷泉《れいぜい》家の為久《ためひさ》卿に師事しておるそうだの」

畳み掛けるようにして告げる口調は、確信に満ちている。

「上様……」

「恐縮するには及ばぬぞ。いやいや、感心な限りじゃ」

さすが、吉宗は早耳だった。

意行は和歌を好み、高名な歌人の冷泉為久に弟子入りをしていた。宮仕えの身では江戸と京を自由に往来することもできないため、書簡を送って添削を受ける形ではあったが、御用繁多な日々の合間を縫って熱心に取り組んでいる。そんな意行の知られざる日常を、吉宗は承知していたのだ。

「直参の皆が皆、おぬしのように勤勉な性根であってくれればのう」

「お、恐れ入りまする」

「善き哉《かな》、善き哉」

低頭しきりの意行を微笑みながら見やりつつ、吉宗は言葉を続けた。

「されば田沼、おぬしが若党にも学問を勧めてみるのはどうであろうな」

「兵四郎めに、でございまするか」

「如何《いか》なる駿馬《しゅんめ》であろうとも、駆け通しにさせては参ってしまうものぞ。荒事に駆り立てるばかりでなく、学識を養うのにも、ちと手間をかけてやれい」

「よろしいのですか?」

「苦しゅうない」

「有難き幸せに存じまする」

小道に両膝を突くや、意行は深々と平伏する。

願ってもない話であった。

わが子同然とはいえ、兵四郎は若党の身である。一人だけ特別扱いをして学問などさせては、他の奉公人たちに対して示しが付かない。そう思えばこそ今まで自粛していたのだが、畏れ多くも上様から直々にお許しを得たとなれば憚《はばか》ることなく聖堂へ通わせてやることができるのだ。

「良き顔になったの。おぬし、まるで父親のようだのう」

「は……」

「照れるな照れるな」

頬を赧《あか》らめる意行に、吉宗はさらりと告げる。

「後継ぎを得るまでは、せいぜい兵四郎を息子と思うて慈《いつく》しんでやるのじゃ」

「ぎ、御意」

微笑み返しつつも、意行の内心は穏やかではなかった。

自分の本音を見抜かれている。そう感じたのだ。

一年前に特命集団の結成を命じられたとき、意行は吉宗にひとつの交換条件を願い出ていた。

愛妻の辰との間に後継ぎの男児を得た暁には将来を安堵《あんど》し、高禄《こうろく》の幕臣に取り立ててやって欲しいと申し出たのである。

密命を奉じての悪人討ちで、自分はいつ命を落とすかもしれない身だ。

たとえ子に恵まれたとしても、表向きは三百俵取りの小姓に過ぎぬ意行の後をそのまま継げば、一生うだつの上がらぬままになるのは目に見えていた。

一命を賭《と》して裏のお役目を拝命する見返りに、わが子に然《しか》るべき地位を与えてやってもらいたい。

かかる意行の悲願を吉宗は快諾してくれていた。

しかし、その一方で兵四郎の立場を気に掛けていたらしい。

「あれは磨けば光る玉ぞ。ゆめゆめ、粗略に扱《あつこ》うてはならぬ」

まだ生まれてもいない息子のために体を張るのも良いが、わが子同様に育ててきた若者のことも少しは気遣ってやれ。吉宗は、そう言いたいのである。

「よろしく伝えてくれよ」

「こ、心得ました。有難き限りに存じまする」

心から恥じ入りつつも意行は深々と、改めて頭を下げるのだった。

二

己が身の上を巡って斯様なやり取りが行われているとはつゆ知らぬまま、白羽兵四郎は永代橋を渡っていた。

今日は袴を着けておらず、大脇差も帯びていない。

粋な縞柄《しまがら》の着流し姿になり、髷《まげ》も町場の若い衆風《し》に結い直していた。

大きく拡げた襟元から、紺地の腹掛けが覗《のぞ》けて見える。割れた裾からは同色の股引《ももひき》がちらちら見えていた。

橋桁を踏み締めてゆく若者の頭上には、雲一つない晴れ空が広がっている。

我知らず、兵四郎はふっと微笑みを誘われていた。

大川の煌《きら》めきが目に眩《まぶ》しい。

吹き抜ける川風が孕んでいる、潮の香も心地よいものだった。

永代橋を渡り切り、しばし歩《ほ》を進めてゆくうちに大鳥居が見えてくる。

深川随一の名刹として知られる、富岡八幡宮《とみおかはちまんぐう》だ。

門前町の賑わいには目も呉《く》れず、兵四郎は先を急ぐ。それでも八幡宮の正面に来たところで一瞬立ち止まり、参道の石畳の向こうにそびえ立つ本殿へ礼をするのだけは怠らなかった。急いでいるときも神仏の前を素通りしないのは、当時の人々にとっては当たり前の心がけだったのである。

雑踏を通り抜けた兵四郎は左に折れ、掘割に架かる永居橋《ながい》を渡っていく。途中の深川三十三間堂《さんじゆうさんげんどう》前で足を止め、一礼していくのも忘れない。

兵四郎の立ち居振る舞いは垢抜けたものであった。装いが若党姿から一変しているのみならず、雪駄《せった》履きの足の運びも颯爽《さつそう》としていた。

忍びの者は皆、七方出《しちほうで》と呼ばれる変装術に長《た》けている。

戦国乱世に諸方の武将に雇われて情報収集を担った忍者は、武士の姿を常《つね》の形《かた》――基本として虚無僧《こむそう》に出家（仏僧）、山伏、商人に放下師《ほうかし》（大道芸人）、さらには猿楽師《さるがくし》（能役者）にまで自在に化けおおせたという。

その他にも必要に応じて様々に姿形を変えるだけでなく、各々の身分や生業に特徴とされるしぐさまで完璧に真似できればこそ、誰からも疑われずに敵地の奥深くまで侵入できたのだ。

この七方出を応用すれば、鯔背《いなせ》な若い衆になりすますことなど雑作もない。

着流しの片裾を取り、大股で歩を進めてゆく伝法な姿が、今の兵四郎はぴたりと板に付いていた。

掘割沿いの大和町《やまとちょう》を通り過ぎ、さらに亀久橋《かめひさ》、吉岡橋《よしおか》を越えてゆく。

潮の香に混じって、木の匂いが兵四郎の鼻孔をくすぐる。

木場《きば》に着いたのだ。

木曾《きそ》を初めとする近隣の産地から川伝いに運ばれて来た材木が集められ、公儀の許しの下に多数の問屋が店を構えている木場は、火事が多い江都には不可欠な建材の一大集積地であった。

材木は筏《いかだ》状に組まれ、大川から掘割に引き込まれる。それを引き上げて木置《きおき》場《ば》で乾燥させ、買い手が付くまで保管しておくのが材木問屋の生業なのだ。

兵四郎は時折、あるじの意行から暇を貰《もら》っては木場に足を運んでいる。

行く先は木場でも一、二を争う材木問屋である、太丸屋《たまるや》仁兵衛《にへえ》の店だ。

一年前、意行は特命集団の初仕事を果たすために兵四郎を放ち、木場に探りを入れさせた。そのときに潜り込んだ先が、太丸屋だったのである。

木場の安寧《あんねい》を脅かす悪問屋を成敗した後も、兵四郎は七方出で化けおおせた姿のまま——紀州から江都へ一旗揚げに来た木樵《きこり》という触れ込みで、ちょくちょく太丸屋に出入りしては仕事に手を貸している。

お役目の上とはいえ、善人揃いの一家を騙《だま》したことに気が咎《とが》めていたのも理由のひとつではあった。しかし休みを貰うたびに姿を変え、店の手伝いに出かける真の目的は違っていた。

「白羽様！」

兵四郎が店の前に立ったとたん、中から一人の娘が姿を見せた。

目も鼻も小作りで、やや顎がまるみを帯びた卵形の顔が愛くるしい。

残暑も厳しい折柄だけに汗ばんではいるが、頰に生えた産毛《うぶげ》が陽光に煌《きら》めく様が何とも眩しかった。

初《はつ》、十七歳。

太丸屋仁兵衛の一人娘だ。

裸一貫で財を成した、川並《かわなみ》（木場人足）上がりのごつい父親と似ても似付かぬ顔立ちは、亡き母親譲りのものである。

見るからに華奢《きやしや》なようでいて、丸に「太」の一文字を染め抜いた男物の半纏《はんてん》が自然に似合っているあたり、さすがは木場っ子であった。

「お久しぶりですね、白羽様」

「ちと声が大きいぞ、お初さん……俺のこと、皆には内緒にって約束だろ？」

表情を輝かせているのに笑顔で応じながらも、兵四郎はそっと窘《たしな》めぬわけにはいかなかった。

折良く店の人々が出払っていた時分とはいえ、往来で若党としての姓を大声で呼ばれてしまっては困るのだ。

旗本に仕える身だということは、太丸屋の人々には内緒にしている。

木場を探索するために通いの奉公人として潜り込んだことを、今になって謝るのも具合が悪い。それに悪党始末の特命集団の一員であると露見しては、あるじの意行にも迷惑がかかるに違いない。

田沼家の若党ではなく、紀州生まれの木樵の兵四郎、略して四郎としてのまま皆と付き合っていければ有難いのだ。

この若者は心から、そう願っていたのである。

「……ごめんなさいね。つい、嬉しかったもんだから」

お初はちろりと舌を出してみせた。

さりげないしぐさのひとつひとつが、また愛らしい。

「こちらこそ、すまぬな……いや、すまねぇな」

町人言葉に改めつつ詫《わ》びる兵四郎の頬には、心なしか赤みが差していた。よくよく見れば、いつも精悍《せいかん》な浅黒い顔がどことなく柔和《にゅうわ》な感じになっている。久方ぶりの再会は、この武骨な若者にとっても嬉しいことであるらしかった。

「今日はお暇を取られたのですか」

「ああ。いつものように、お店の手伝いをさせてもれえてぇと思ってなぁ」

お初の問いかけに答える声も、明るく弾んでいる。

「それはお父っつぁんも喜びます。ちょうど木曾から荷が着いたばかりで、手代衆も川並の小父《おじ》さんたちも大童《おおわらわ》なんですよ」

「それで出払っていなさるのかい。俺もいい頃に来合わせたってわけだな」

兵四郎は頼もしげに微笑み返し、角帯をくるくると解き始めた。

着流しを脱ぐや、腹掛けと股引に固めた逞しい体軀《たいく》が陽光の下に現れる。河岸《かし》着《ぎ》と呼ばれる川並向けの装束《しょうぞく》を、単衣《ひとえ》の下にあらかじめ着込んでいたのだ。後は草鞋《わらじ》を貸してもらって雪駄と履き替えれば、すぐに掘割での作業に合流できるというわけである。

「助かります」

感謝の眼差しを向けながらも、まだ話し足りないお初は兵四郎の袖をちょいと引っ張らずにはいられなかった。

「でも兵四郎さん、その前に一服していってくれなくちゃ嫌ですよぉ」

「いいのかい？」

「だって久しぶりじゃないですかぁ。積もる話もいろいろあるし……」

甘えた声が、また愛らしい。

町娘は武家の女人と違って、何事にも積極的であった。そんなところが兵四郎にとっては驚きであると同時に、何とも嬉しく感じられるのだ。

「さ、中へどうぞ」

「ああ」

暖簾《のれん》を割った二人が土間に足を踏み入れるや、小柄な少女がまるで待ち構えていたように飛び出してきた。

「お兄ちゃーん！」

裾の短い、木綿物の単衣を着けている。いつも竈《へっつい》で焚《た》き付けをしているらしく顔が煤《すす》だらけになってはいたが、丸々と肥えていて元気一杯だった。店の女子《おなご》衆《し》のお下がりと思《おぼ》しき、大きな草履《ぞうり》を突っかけている様《さま》も可愛らしい。

走り寄ってくる少女の名は勝《かつ》、七歳。

昨年の暮れに深川を見舞った大火で焼け出され、唯一の身寄りだった祖母とも死に別れてしまった孤児である。

あの折に被災者の救援を買って出た太丸屋仁兵衛は、天涯孤独になったお勝を哀れみ、引き取って住み込みで奉公させていたのだ。

それは火事の起きた当日、太丸屋の様子が気になって駆け付けたことから偶然にも少女を助けることになった兵四郎から頼み込んだことでもあった。

祖母と二人暮らしの頃は日々の食事にも事欠く毎日だったらしいお勝は、見るも気の毒なほどに痩《や》せ細っていたものだった。それが太丸屋で皆に可愛がられ、大飯喰らいの男衆に負けずに三度の食事を摂《と》らせてもらっているうちに、すっかり健康体になったと見受けられる。ともあれ喜ばしい限りであった。

「重くなったなぁ」

お勝を高々と抱え上げてやりながら、兵四郎は親しげな笑みを投げかける。

火事場で出会って以来、この少女が他人とは思えずにいる兵四郎だった。親切な人々に引き取られて安住の場を得たとはいえ、血を分けた肉親が誰もいないという点では、自分とまったく同じ身の上だからだ。

「おつとめには慣れたかえ？」

「うん。みんなのお茶は、いつもあたいがいれてあげてるんだよっ」

視線を合わせて優しく問いかける兵四郎に、お勝は自慢げに答える。

「そいつぁ感心なこった……それじゃ、兄ちゃんも一杯呼ばれようかな」

「あーい」

降ろしてもらうや、お勝はぱたぱたと台所へ駆けていく。

大所帯では、茶を淹《い》れるにしても鉄瓶《てつびん》でいちいち湯を沸かすなどという悠長な真似はしていられない。あらかじめ大釜に沸かしてある湯を柄杓《ひしゃく》で汲み、さっと供することができるように備えているのだ。

「ゆっくりで構わんぜ。火傷なんぞしねぇようにな」

ちいさな背中に一言告げると、兵四郎は上がり框《かまち》に腰掛けた。

「もう、あの子ったら世話焼きなんだから……」

すっかりお株を奪われたお初は、苦笑しながらも明るく微笑んでいた。

「おや、四郎どん！」

そこに奥から出てきたのは、太丸屋の番頭を務める吉五郎《きちごろう》だった。

見れば分厚い帳面と筆、そして算盤《そろばん》を手にしていた。店の若い衆が力仕事に汗を流している間に、仕入れの勘定をしていたらしい。

「お忙しそうでござんすねぇ、番頭さん」

「こちとらは若い衆と違って、頭が切れるのだけが取り柄なんでねぇ」

小男の吉五郎は兵四郎を見上げつつ、手にした帳面を指し示した。

「来てもらって早々にすまないが、お得意のところでひとつ勘定をしてもらえるかい？　一人で算盤を入れただけじゃ誤りがあるかもしれないんでねぇ……かと言って旦那様の他にゃ、うちには満足に勘定のできる者《もん》なんざ居やしないしね」

「お安い御用でさ」

二つ返事で請け合うや、兵四郎は帳面を受け取る。

続いて始めたのは、奇妙なしぐさであった。

算盤も算木《さんぎ》も使わない。

左手の五指をひょいひょい曲げたり伸ばしたりしただけで、即座に合算をしてのけたのだ。

「……こうですかい？」

吉五郎が筆と一緒に寄越した書き損じの紙に、算出した金額をちょいちょいと書き入れる。

「ご名答だよ。あたしが弾いたのとぴったり同《おんな》じだ……さすがだねぇ」

「すごいや」

いつの間にか傍《かたわ》らに寄って来ていたお勝も、感心した声を上げた。

「お兄ちゃんなら、きっと手習いのせんせいにだってなれるよぉ！」

「そんなこたぁないさ」

受け取った茶を啜りながら、兵四郎は照れ臭そうに微笑んでみせる。

しかし、その胸中は複雑だった。

一瞬にしてやってのけた勘定は、算術でも何でもない。

忍者は手指の関節を曲げたり伸ばしたりして算盤の珠《たま》代わりにする、いわゆる指算《ゆびざん》で速やかに計算してのける術《すべ》を心得ている。亡き祖父からお勝ぐらいの齢《とし》の頃に徹底して仕込まれた、兵四郎にとってはごく当たり前の技術であった。

だが、算盤をまともに教わったことは一度もない。

忍びの者にとって必要とされるのは、あくまで実践の場において即座に役立つ知識のみなのである。

体系立てた学問など、最初から求められてもいないのだ。

そんな己の有り様《よう》が、ふと兵四郎にはいたたまれなく思えてきた。

「兵四郎さん……？」

「いや、何でもないさね」

心配そうに問うてきたお初に、兵四郎はさりげなく手を打ち振ってみせる。

しかし、胸の内で嘆かずにはいられない。

（お初と仁兵衛さんがどんなに見込んでくれてたって、とても俺には太丸屋の婿なんぞ務まるまいよ）

太丸屋のあるじである仁兵衛は自分のことをいたく気に入っており、願わくば入り婿に迎えたいなどと周囲の人々に漏らしているという。

以前に内緒でそう教えてくれたのは、番頭の吉五郎だった。

店の人々は皆、兵四郎を武家奉公人だとはつゆ知らず、自分たちと同じ世界に住む気持ちの良い若者だと信じ込んでいる。

本職の川並衆も舌を巻くほど身軽で頑健なばかりか、頭も相当に切れるという評判は木場中に鳴り響いて久しかったし、同業の材木問屋の旦那方の中にも期待を寄せてくれている者は数多かった。

だが、当の兵四郎は忸怩《じくじ》たる想いを禁じ得ない。

祖父譲りの忍術と、父親代わりの意行が仕込んでくれた剣術は手前味噌ながら常人より秀でていると自負することもできる。読み書きにしても幼い頃から意行が手ほどきをしてくれたので、仮名だけでなく漢字まで理解できていた。

とはいえ、お勝が褒めてくれたように手習いの宗匠になれるほどの学識などはまったく持ち合わせていない。

また、世間が感心してくれるような経歴も持ってはいなかった。

太丸屋の人々が感心してくれるほど、自分は優秀でも何でもないのだ。

「ご馳走さん。それじゃ、河岸の手伝いをさせてもらってくるぜ」

お初が持ってきてくれた草鞋に履き替えると、兵四郎は努めて明るい声で告げながら立ち上がった。

闊達《かったつ》に振る舞ってはいても、覚えた不安は薄れはしない。

どうやったら学が得られるのだろうか——。

そんな想いを抱きながら手伝いを終え、田安御門外の屋敷へ戻った兵四郎が意行より持ちかけられた聖堂通いの話は、まさに渡りに船であった。

三

そして、奇数の日の朝が来た。

兵四郎は着流し姿で、田沼屋敷の門前に立つ。

町人体でも襟元はきちんと形を整え、だらしなく見えないようにしている。懐には意行より下された、真新しい帳面と矢立が忍ばせてあった。

「ま、待たせたの」

「いいえ……」

門外に立っていたお初は、慎ましやかに微笑んでみせる。

あれから兵四郎はあるじの意行の勧めにより、奇数の日に催される湯島聖堂の講義に通い始める運びとなったのだ。

まさかお初と連れ立って通学できるとは思ってもみなかったが、太丸屋を訪ねて恐る恐る誘ってみたところ、彼女も聖堂の一般公開授業には、かねてより関心を抱いていたらしい。

こちらも帳面と矢立を用意し、風呂敷にくるんで胸前に抱いている。

子どもの頃に手習いはしていたとはいえ、大人向けの学問所に通うのは初めてのことだという。

「さ、参りましょう！」

先に立ち、お初は潑剌と歩き出す。

その後に、兵四郎は微笑みながら付いていく。

お初の足の運びは闊達だった。

深川から九段《くだん》の坂上にある田安御門まで徒歩で来たとなればさぞ疲労困憊《こんぱい》すること だろうが、船さえ用いれば雑作もない。聞けば太丸屋では猪牙船《ちょきぶね》を一艘所有しており、仁兵衛やお初が用事で出かけるときは船頭上がりの手代が櫓《ろ》を握ってくれるとのことだった。

「帰りは船着場まで送ろう。心配をかけてはうまくないからな」

「じゃ、ご一緒に甘いものでも食べて参りましょう。近くに美味しい団子のお店があるのです」

明るく言葉を交わしつつ、二人は歩を進めてゆく。

九段から湯島までは、ゆっくり歩いても半刻（約一時間）はかからない。

御城を仰ぎ見ながら急勾配の九段坂を下り、堀留《ほりどめ》に架かる俎板橋《まないたばし》を渡って神田《かんだ》の街に入る。

辺り一帯は武家屋敷ばかりだった。

「静かなものですねぇ」

「どこの家の殿様も、ご出仕に及んでおられるからな……登城の折には乗物やらお供の衆が行き交って混み合う故、通らぬほうが良い」

両側に旗本・御家人の屋敷が連なる表神保小路《じんぼうこうじ》を通り抜け、表猿楽町《さるがくちょう》に至ると大名屋敷が多くなる。

道なりに右へ右へと歩いていくうちに、神田川が見えてきた。川に架かる昌平橋《しょうへい》を渡れば、湯島聖堂はすぐそこだ。

「間に合いそうだな」

「ええ」

にっこり頷き合いつつ、二人は橋を渡りかける。

そのとき、後方からだみ声が飛んできた。

「よっ、ご両人!!」

振り向けば、新次たち愚連隊の面々が顔を揃えていた。

「おぬしたちか……」

気付いたとたん、兵四郎は相好《そうごう》を崩した。

すぐ近くには湯島天神《てんじん》の盛り場がある。いつも暇を持て余している一同は連れ立って訪れ、午前《ひるまえ》から露店でも冷やかしていたのだろう。

「どうしなすったんです、お二人揃って?」

巨体を揺らして歩み寄ってくるや、新次は不思議そうに問うてきた。

皆は兵四郎が若党の格好をしていても、身なりを変えて町人体になりすましていても一向に意には介さない。それよりも、ふだんはお堅い一方の兵四郎がお初と連れ立って歩いていることのほうが気になるらしかった。

「橋の向こうへ参るのだ」

「おいおい、このへんの出合茶屋《であいぢゃや》は衆道《しゅどう》（男色）の連中の掛かり付けだぜ？　女ぁ連れ込むんなら他所《よそ》にしなよ」

たちまち突っ込んできたのは、新次にくっついてきた井太郎だった。

なんでそういうことを知っているんだと兵四郎が言い返す前に、新次は弟分の襟首を引っ摑《つか》む。

「馬鹿野郎、不作法なことを言うんじゃねぇ！」

一喝して黙らせつつ、新次もからかわずにはいられぬ様子であった。

「それにしてもいい感じですぜ、兄い。まったくお似合いでさ」

「ば、馬鹿を言うなよ」

兵四郎は慌てて手を打ち振る。

「我らは聖堂に学問の講義を受けに参るだけのことぞ。た、他意はない」

懸命に弁解しながらも、浅黒い顔には見紛《みまが》うことなき赤みが差している。横に立ったお初も、まるい頬を赧らめていた。

「こりゃあいいや。山猿と別嬪《べっぴん》さんがよ、お揃いで赤くなりなすったぜぇ」

すかさず井太郎が毒舌を叩く。

いつまで相手にしていたところで、きりがない。

「参るぞ」

兵四郎はお初の手を取り、ぐんぐんと歩き出す。

「まったくお熱いこって！」

「祝言を挙げるときにゃ呼んでくれよな！」

思うさまにひやかしながらも、無頼の若者たちの表情は爽やかだった。

実のところは、いやらしい気持ちなど微塵《みじん》も抱いてはいないのだ。

彼らが兵四郎と知り合ったきっかけを思い起こせば、頷ける話であろう。

一年前、愚連隊の面々がお初にちょっかいを出していたところに行き合わせた兵四郎は腕自慢の新次を軽く一蹴し、彼女を助けた。

それ以来、新次もお初も、兵四郎にすっかり惚れ込んでいる。

となれば、愚連隊仲間もあの若者のことを無下には扱えない。

兄貴分の新次から殊更《ことさら》に言われるまでもなく、若い二人のことをいつも暖かく見守っていたのであった。

聖堂は昌平橋を渡った先の、鬱蒼《うっそう》とした森の中にある。

「ご立派なものですねぇ」

唐風《から》の建築物の数々を目の当たりにして、お初が感心した声を上げた。

「うむ」

兵四郎も感じ入った様子でつぶやく。

かつては上野《うえの》の忍《しのぶ》ヶ岡《おか》に置かれていた孔子廟《こうしびょう》が時の将軍だった五代綱吉《つなよし》公の命を受けて湯島の地へ移転され、付属する建物を含めて聖堂と呼び習わされるようになったのは、元禄《げんろく》三年（一六九〇）のことである。

講義が行われている会場は廟に付属する、林家の学問所だ。

すでに大勢、聴講を望む人々が集まってきていた。

（これはどうしたことか……）

兵四郎は驚きを禁じ得なかった。

意行が明かしてくれたところによると、聖堂の講義は人の集まりが芳しくないはずだった。

ところが、いざ来てみると引きも切らない様子である。

しかも、ほとんどは女人ばかりではないか。

十代半ばあたりの初々しい娘がいれば、眉を落として歯に鉄漿《かね》を差した人妻もいる。驚いたことに、腰の曲がった老婆までが少なからず混じっていた。

決して狭くはない玄関が、脂粉《しふん》の香りに満ち満ちている。

もとより下足番《げそくばん》などは置いておらず、鼻緒の色も鮮やかな草履が沓脱《くつ》ぎの下にまで溢れかえっている始末であった。

「皆さん熱心なのですねぇ」

不可解な光景を前にしながら、お初は素直に納得している様子だった。

「そのようだな……」

兵四郎は頷き返しつつ雪駄を脱ぎ、埃《ほこり》をはたいて懐に仕舞う。ここまでごった返していては、履物を無くすのは目に見えていたからだ。

「されば、御免」

お初に一言告げると、兵四郎は先に立って広間に入っていく。

この時代、男女が席を同じくすることは厳しく戒められていた。まして学問の場となれば尚のことで、大きな板の間は御簾《みす》で仕切られている。

中に足を踏み入れてみると、さらに驚くべき光景が待っていた。

男子用の空間はがらんとしているのに、仕切られた隣の女子の間は鮨詰め状態そのものである。

履物で溢れかえった玄関の有り様から察しは付いていたものの、ここまで女だらけになっているのを目の当たりにすると、兵四郎も驚きを禁じ得ない。

学問所の書生《しょせい》たちが気を利かせて御簾を吊り直し、間取りを拡げてやれば良いのだろうが、老若の女たちは狭苦しい空間にひしめき合ったままである。

それでも文句を言い出す者は誰一人いない。

一同の目は、上座に着いた教授に吸い寄せられていた。

「されば、前回の続きをいたしましょう。わが師の林信篤には及びませぬが、精一杯務めさせていただきますので、お手柔らかに願います」

涼やかな声色で一同に告げたのは、上品な雰囲気を漂わせる四十男だった。

鼻筋がすっと通った細面《ほそおもて》で、目元もきりりっとしている。

随分と見目形良き儒学者がいたものである。

麻の帷子《かたびら》に茶染めの袴を着け、黒絽《ろ》の羽織を重ねた僧侶ふうの装いである。

髪も伸びかけの毬栗頭《いがぐりあたま》だったが、そのせいで男ぶりが下がっているということはまるでない。むしろ頭部の形の良さがはっきり判るし、なまじ髷を載せているよりも凜々《りり》しくさえ見えた。

つい先頃まで林家一門は幕府の儒官という立場上、僧形で居《い》ることを平素より求められていた。かかる慣習を吉宗は全廃し、髪を伸ばして髷を結うなり総髪にするなり、好きにして構わぬと許しを出したばかりなのである。

この男に講義の代行を任せた林信篤にしても早く蓄髪《ちくはつ》したくて、唐渡りの養毛剤とやらを盛んに用いているらしい。

そんな焦りを知られて世の笑いものにされるよりも、自然に伸びるのに任せて毬栗頭を決め込んでいるほうが、遥かに男ぶりは上と言えよう。

「素敵な殿御ねぇ……」

「ほんに、見入ってしまいまする……」

鮨詰め状態の女たちは講義の内容を書き留めるでもなく、うっとりと教授の美男ぶりを鑑賞するばかりだった。

教授の名は宝来玄堂《ほうらいげんどう》、四十一歳。

本日より師匠の林信篤に代わり、講義を受け持つことになった教授である。

独り身で学業三昧の日々を送っていると評判の人物で、林家では俊才の一人に数えられている。

湯島聖堂が幕府の学問所と定められる以前から教鞭を執っており、その学識の豊かさは師の信篤をも凌ぐほどと世に喧伝されていた。

のみならず、美男子としての評判も高い。

先年に大奥絡みの醜聞で流刑《るけい》の憂き目を見た、歌舞伎役者の生島新五郎《いくしましんごろう》を彷彿《ほうふつ》させる二枚目として、学者の身でありながら江都の婦女子より絶大な人気を得ていたのである。

役者ばりの美男が講義をしてくれるとなれば、群がってくるのも当然だ。

むろん、なまじ姿形ばかりが良くて学識が伴っていないようでは話にも何にもなるまいが、玄堂は優秀な儒官として林家を能《よ》く支えてきた立場である。聴講生がまるで集まらぬ聖堂を活性化させる切り札として、林信篤が思い切って代講を任せたのも頷けると言えよう。

残念ながら兵四郎には、何を講義しているのかがまったく判然としない。

だが、ひとつだけ気が付いた点があった。

宝来玄堂の視線である。

書見台を前にして熱心に言葉を紡ぎながら、居並ぶ聴講生たちへ順繰りに目を向けている。

均一に視線を配ることは、聞き手の集中力を高める上で必須の心得だ。

しかし、玄堂の目の配り方は何やら邪念が感じられた。

御簾で仕切られた両側へ均等に視線を向けているようでいて、兵四郎たち男の側を見やる双眸《そうぼう》には、何の感情も込められてはいない。

しかるに、女たちを見る目は明らかに熱を帯びている。

いやらしい目、という意味ではない。

品定めをしているのは確かだが、劣情とは少し違う。

老婆と醜女《しこめ》は最初から相手にせず、見目形の良さげな人妻と娘ばかり、それも自分の講義を多少なりとも理解しながら聴いている者がいるかどうかを、切れ長の双眸を巡らせながら、さりげなく探り回っていた。

（女弟子を探しているのか？……それにしても、学問ってのは難しいな……）

男子席の最前列に座した兵四郎は、首を捻《ひね》るばかりである。

肝心の講義のほうは、まるで頭に入らない。

玄堂の思惑を気に掛けるばかりのうちに、いつしか講義は終わっていた。

「玄堂先生って素敵な方ですねぇ」

帰り道のお初は、感心しきりといった様子だった。

「なぜ、そう思うのだ」

対する兵四郎は機嫌が良くない。聖堂を後にするとき、彼女があの胡乱《うろん》な教授から親しげに声をかけられていたからだ。若いのに学問を志すとは殊勝なことだと褒められただけらしいが、兵四郎にしてみれば面白くはなかった。

「やだ、なんで怒ってるの？」

ぶすっとしている若者を、お初は不思議そうに見返す。

「別に……ただ、どうもなれなれしかったもんでな」

「おかしな兵四郎さん」

お初は苦笑した。

「あんなに高名な先生なのよ。熱心に教えてくだすった上に声までかけてくれるなんて、有難いと思わなくっちゃ」

「違うな。上様のご下命があればこそ、やっておるだけだよ」

「そうかしら？」

険《けん》を含んだ物言いに、思わずお初も気色《けしき》ばむ。

それでも兵四郎は言い募《つの》らずにはいられなかった。

「気を許さぬほうがいいぞ、お初さん。あやつは……」

親しくなると同時に、よからぬ所業に及ぶつもりでいるのかもしれない。そう告げようとしたのだが、皆まで口の端《は》に上せることはできなかった。

「やだ。そんなことを言う兵四郎さん、嫌いよ」

たちまち、お初が頰を膨《ふく》らませた。

「次からは別々に参りましょう。もう、お迎えには伺いませんから！」

兵四郎に二の句を継がせることなく、顔を背《そむ》ける。

ぷりぷりしながら歩き去っていく娘の後を、兵四郎は追うに追えなかった。

もとより、宝来玄堂には微塵も嫉妬《しっと》などしてはいない。

あの美男教授が爽やかな風に見せかけながら、腹の内では何やらよからぬことを考えているらしいのを観相《かんそう》の術で見て取ったからこそ、警告を発さずにはいられなかったのだ。

（あやつはお初を狙っている……）

講義の最中には気取《けど》らせなかったことだが、沓脱ぎのところで呼び止めたお初を前にしたときの態度から、はっきりと兵四郎は察しを付けたのだ。

二度と聖堂に行かせてはいけない。

あのような危険な匂いがする男に、大切な女人を近付けてはならないのだ。

しかし、そんな想いも当人から拒絶されては何の意味もなかった。

このときの諍《いさか》い以来、兵四郎が文《ふみ》を書き送っても、直に訪ねていってもお初は相手をしてくれなくなってしまったのだ。

こうなっては、聖堂の講義にも足を運び辛い。

それに、あの宝来玄堂を師と仰ぐことはとても出来そうにない。

せっかく意欲十分で通い始めたにも関わらず、兵四郎は湯島へ足を向けることを早々に止めざるを得なかった。

「如何《いかが》したのだ、兵四郎？　何ぞ悩みがあるならば有り体《てい》に申してみよ」

「……申し訳ありませぬ、殿様。すべては拙者《せっしゃ》が不徳の致すところにございますれば……」

訳が判らぬ様子の意行に対しても、ただただ詫びるより他に兵四郎は為す術を知らなかった。

四

それから数日を経ぬうちに、思いがけないことが起こった。

八朔の行事も滞りなく済み、江都の人々が心安らかに秋本番の日々を迎えようとしていた折も折の昼下がりに、あの宝来玄堂が太丸屋を訪ねてきたのだ。

「何と仰せですかい、先生？」

応対に出た太丸屋仁兵衛は、呆気《あっけ》に取られるばかりだった。

仁兵衛は数え年六十一歳になる。

今年で還暦を迎えた身とは思えぬほど矍鑠《かくしゃく》としており、さすがは川並上がりと周囲を感心させて止まない、頑健そのものの偉丈夫《いじょうふ》である。

凡百の学者ならば、向き合っただけで気圧《けお》されてしまうことだろう。

しかるに玄堂は微塵も臆することなく、さらりと用件を申し入れて来た。

「不躾《ぶしつけ》な話ではございましょうが、是非《ぜひ》とも聞き入れてもらいたいのです」

玄堂はお初に惚れ込み、縁組みをしたいというのだ。

己が嫁にしようという話ではない。

学者であると同時に士分でもある自分の養女に迎え、大奥へ奉公させたいとの申し出であった。

同席したお初も、すっかり度肝《どぎも》を抜かれてしまっている。

「どうであろうな、お初さん」

「え……」

「おぬしほどの器量と才覚を併せ持つ娘御ならば、必ずや上様のお眼鏡にも適《かな》うことであろう。僭越《せんえつ》ながら、この宝来玄堂が推挙仕るからには間違いのなき話と思うていただきたい」

「……そいつぁ有難いこってすがね先生、この娘は家付きにござんす。いずれは婿を取って、この店を継いでもらわにゃならねぇんで……」

黙り込んでしまった娘に代わり、仁兵衛は厳《いか》つい顔を客人に向けた。

それでも玄堂は動じない。

優男《やさおとこ》然としていながら、存外に腹が据わっていた。

「さもありましょうが、それは上様のご威光を蔑《ないがし》ろになさる行いではありませぬかな、太丸屋殿」

「どういうこってす?」

「そも、我らが林家は将軍家の侍講を拝命せし一門にございまする。その学問所の門戸《もんこ》を開きしは男女の別なく、下《しも》つ方《かた》より優秀なる者を広く集めし上で世の役に立ってもらいたいがため……男子は儒者として登用し、女子は上《うえ》つ方に嫁して国を平らかに治める内助の功を託したいがためなのですぞ」

「そいつぁ、上様のお考えと受け取ってよろしいんですかい」

「是非もございませぬ」

あくまで丁寧な物言いだったが、圧《お》しが強い。

さしもの仁兵衛も、畳み掛けるが如き玄堂に抗弁することができずにいた。

「お答えは早めに願いまするぞ」

有無を言わせぬ口調で言い置き、すっと玄堂は席を立つ。

店の前には乗物が横付けされていた。

抱えの陸尺《ろくしゃく》（駕籠かき）が二人、そして供の家士《かし》が一人控えている。

玄堂が暖簾を割って姿を見せるや、すかさず陸尺は引戸を開ける。

しゃがみ込んだ両の腿《もも》の張りも逞しい、力士じみた巨漢である。

傍《かたわ》らに立つ家士も、相当に鍛えられた剣客と見て取れる。

しかしながら漂わせる雰囲気は主人のように上品とは言い難く、細身の五体に纏《まと》った絹物の長着《ながぎ》と袴も派手なばかりで慎みが感じられない。名のある学者のお供というよりも賭場《とば》の用心棒といった風情であった。

「賢明なお返事を頼みますよ……」

乗物に収まった玄堂は、見送りに出てきた太丸屋父娘にしつこく告げる。

そこに駆け寄ってくる足音が聞こえてきた。

「あ！」

表情を曇らせていたお初が、ぱっと顔を輝かせる。

急を聞いた兵四郎が馳せ参じてくれたのだ。

「おやおや、何事ですか」

すかさず立ちはだかろうとした家士を目で制し、玄堂は呼びかけてきた。

「たしか貴方……お初さんと一度お出でになられたことがありましたね」

「それがどうした？」

言葉少なに答えつつ、兵四郎は鋭く見返す。

しかし、玄堂は一向に動じなかった。

「お友達ならば重畳。こたびのお話はご上意に等しきことだと、ぜひ説いて差し上げてくださいな」

「ご上意に等しい……!?」

「左様。今し方も太丸屋殿とお初殿に重々申し上げたのですがね、我らが聖堂の日講は下つ方より優秀なる者を見出し、より良き地位に就けて進ぜるためのものなのです。上様が御為にも、ね」

「そんな……」

「上様に御台所《みだいどころ》様が居られぬのは貴方もご存じでありましょう？　健康にして才長けたお初さんこそ、大奥へご推挙するに申し分なき娘御と私は見込んでいるのです。誰にも邪魔はさせませんよ」

余裕の笑みを返して寄越し、玄堂は乗物の引戸を閉じさせる。

巨漢の陸尺たちが腰を上げる。

その後に続く家士は、兵四郎を一睨《ひとにら》みしていくのを忘れない。

あからさまな威嚇《いかく》の態度であった。

兵四郎に返す言葉はない。

茫然《ぼうぜん》と路上に立ち尽くしたまま、去り行く一行を見送るばかりだった。

「あたしは如何すればよろしいのですか、兵四郎様」

仲違《なかたが》いをしていたことも忘れて、お初がすがるような目を向けてくる。

「……」

兵四郎は無言のままだった。

それほどまでに、玄堂が持ち出した話には重みがあったのだ。

本当に吉宗が斯様なことを考えているのか否かは、判然としない。たとえ意行に尋ねたところで、無礼を申すなと一喝されるのが落ちだろう。

しかし、玄堂は公儀の大学頭を補佐する立場だ。嘘八百を並べ立てて、お初の身柄を奪っていこうとしているわけではあるまい。

「とにかく、お答えは日延べとさせていただこうじゃないか。な？」

沈黙を破ったのは仁兵衛だった。

「よろしいんですか、旦那様」

表に出てきた吉五郎が、おずおずと問うてくる。御上のご威光をちらつかせる玄堂に逆らっては、それこそお店を取り潰されかねないと案じているのだ。

だが、仁兵衛はあくまで豪胆だった。

「あたしはこの娘の父親なんだよ、番頭さん。意に染まぬことをさせるわけにはいくまいさ」

「へ、へい」

吉五郎は慌てて頭を下げた。

仁兵衛は、つぃと視線を巡らせる。

「ん？」

兵四郎の背中が遠ざかっていくのが見えた。

いつの間に歩き出したのだろうか。

肩を落とし、悄然《しょうぜん》と去り行く背中を、お初は切なげに見送っている。

「いいのかえ、行かせちまっても」

「お父っつぁん……」

身分の高い家の養女に迎えられれば、若党の兵四郎とは言葉を交わすのさえ許されなくなることだろう。

大奥へ奉公すれば、尚のことである。

まして玄堂はお初のことを、いずれ将軍のお手付き中﨟《ちゅうろう》にさせたいとまで意気込んでいるのだ。

もしもそうなってしまえば、兵四郎とは住む世界まで違ってしまう。

一人娘の本音をかねてより察していればこそ、仁兵衛は一日でも長く、答えを引き延ばそうと考えていたのである。

しかし、いつまでも猶予は許されまい。

（早くしておくんなさいよ、四郎さん）

お初の横顔を辛そうに眺めやりながら、仁兵衛は溜め息を吐くのだった。

それから一刻（二時間）後、兵四郎は番町の裏店に上がり込んでいた。

特命集団の相棒である、鴨井芹之介の住まう長屋だ。

「ううむ、何とも面倒な話になったものだの……」

芹之介は嘆息を漏らすばかりであった。

もとより、無位無冠の浪人の身である。

上意を奉じて悪を斬る立場といえば聞こえはいいが、あくまで世に隠れて為すことであり、表向きは無力な存在にすぎない。相手が将軍家の侍講に連なる大物儒学者となれば、表立って非難するのも憚《はばか》られるというものだった。

落ち込む兵四郎に助言してやれることなど、自ずと限られている。

「もしもおぬしが我らの仲間に非《あら》ざれば、お初さんを連れ出して逃げろと言うてやれるのだがのう」

「ご、ご冗談を申されますな」

「本来ならば、そうすべきであろうよ。おぬしがあの娘のことを、真実《まこと》に好いておるならばな」

「……」

黙り込んでしまった若者を前にして、芹之介は慨嘆を禁じ得ない。

「困ったのう」

どうしたものかと、当の兵四郎も思い悩むばかりであった。

五

そして翌日。

意行は芹之介がゆうべ密かに訪ねてきて明かしてくれた、兵四郎とお初の件で思い悩んでいた。登城して吉宗の傍近くに侍り、小姓の役目を遺漏《いろう》無くこなしてはいても心ここにあらずといった風情である。

「何としたのか、田沼」

「い、いえ」

当の吉宗から怪訝《けげん》そうに問いかけられても、しかとは答えられない。

お初の大奥入りの話は、あくまで吉宗の知らぬところで宝来玄堂が勝手に推し進めていることなのだ。

それに兵四郎にとっては気の毒なことだが、才色兼備の健康な娘が大奥入りをしてくれるというのは、将軍の身の回りの世話を焼く立場の一人としてはむしろ歓迎すべき事態である。

征夷大将軍をいつまでも御台所――正室を持たぬままにさせておくのは遺憾なことだと、御側御用取次の有馬と加納も始終こぼしている。

お初が吉宗の好みに合いそうな女人であることを鑑《かんが》みても、この話に反対する声はまず上がるまい。

恐らく宝来玄堂は、そこまで先読みをした上でお初に白羽の矢を立てたに違いなかった。

(許せ、兵四郎)

胸の内でつぶやきつつ、意行は小姓の用部屋へ下がっていく。

そこでは意外な客人が待っていた。

「久しいの、田沼殿」

快活な声で呼びかけてきたのは、精悍な顔立ちの男だった。

身の丈は意行より頭ひとつ高い。細身ながら四肢は太く、胸板も分厚い。

男の名は藪田定八。御庭番衆を率いる頭領である。

紀州忍群でも指折りの術者であり、かつては紀州藩の薬込役として、今は公儀隠密として、主君と仰ぐ吉宗の治世のために陰で力を尽くす立場だった。

「その節は手間を掛けたな……遅ればせながら、礼を申す」

「何の」

目礼する定八に対し、意行は柔和に微笑み返す。

ここ二月《ふたつき》ばかりの間、探索御用のために某藩へ潜入していた定八は先に尾張藩の刺客が吉宗暗殺を狙ったとき、折悪しく不在であった。江都への侵入を図った敵を御庭番衆が最初に迎え撃った際、自ら前線で指揮を取ることができなかったために多数の配下を死なせてしまったのは、痛恨の極みのはずだった。

それでも御庭番衆が何とか体面を潰さずに済んだのは、意行の子飼いの部下である兵四郎が一騎討ちで敵を見事に仕留めてくれたからである。

定八は意行に感謝の念を抱くと同時に、あの一件で借りができたと考えているらしい。以前には折に触れて対立していたとは思えぬほど、打ち解けた態度を示してくれていた。

相手が軟化してくれれば、こちらも自ずと情が湧く。

「気色《けしき》が優れぬご様子ですが、何かございましたのか」

定八の顔色がふと気にかかったのも、意行がそんな心境になっていたからこそだったと言えよう。

「いや……」

案じ顔の意行に、定八は躊躇《とまど》いを見せた。

「されば、ちと失礼して小用《こよう》に参りますかな」

同輩たちが聞き耳を立てているのに気付いた意行は、すっと立ち上がる。

定八は無言で後に付いてきた。

廊下に出た二人は、そのまま中庭に向かう。履物は携帯するのに簡便な足半《あしなか》を共に懐にしていたので、いちいち持ってくる必要はなかった。

庭先に立つと、曲輪《くるわ》の向こうに秋晴れの空が見えた。

（鰯雲《いわしぐも》、か……）

いつまでも残暑が続いてはいても、日一日と秋の気配が増しつつあるのを意行は今更のように覚えていた。

「……聞いてくれるか、田沼」

渡り廊下を行き来する者が絶えるのを待って、定八は口を開く。

「探索御用の途次《とじ》に、嫌な話を耳にしての」

「と、申されますと？」

話を切り出す定八に、意行はすかさず応じた。

いつも沈着冷静な定八をして打ち沈ませるほどの屈託が、如何なる理由なのかを知りたかったのだ。

果たして、打ち明けられたのは度し難い話であった。

「すでに上様にはご報告申し上げしことなのだがな……儂《わし》が探索に赴きし大名家の側室が自害して果てたのじゃ。奥に忍び入った折、その場に行き合わせての」

「それはまた、痛ましきことにございましたな」

「まこと、気の毒な女人であったよ」

定八は深々と溜め息を吐いた。

「己が出世を望んでの仕儀なれば同情の余地など有りもしないがの、その側室は無理無体に武家の養女に迎えられ、人身御供《ひとみごくう》にされたそうなのだ」

「それは真実にござるか」

「左様。当人より克明に打ち明けられしことなれば、嘘偽りとも思えぬ。自分と同じ目に遭《あ》う女が二度と出ぬように、禍根《かこん》を断って欲しいとまで掻き口説かれたからには、儂も放ってはおけぬ」

「して、その女人に無理を強いたは何者なのです？」

「宝来玄堂と申す、林家儒学者じゃ」

「何と……」

意行は思わず絶句した。

宝来玄堂といえば、兵四郎とお初の仲を引き裂かんとしている、聖堂の教授のことではないか。

「まこと、許し難き所業ぞ……」

そう前置きして定八が明かしてくれたのは、驚くべき事実であった。

玄堂の奸計《かんけい》。それは幾多の小町娘を養女という形で手に入れては、諸藩の好色な大名たちに妾として献上することだったのだ。

学者とは、後ろ盾を得れば得るほどに格が上がる。

師匠の林信篤は、門下の玄堂が露骨な出世狙いの策を弄《ろう》するのを窘《たしな》めることもできずにいるとの話だった。

「失礼ながら大学頭殿は凡庸な御仁なれば、恐らく見て見ぬ振りをしておられるのだろうよ。いずれはご自身の首を絞めることになるとも気付かずに、のう」

「……」

毒を含んだ定八の私見を、意行は否定しなかった。

ともあれ、このまま放っておくわけにはいくまい。

意行は手短に、芹之介より聞き及んだ一連の経緯について明かした。

「ふむ……」

しばし考えた後に、定八は口を開いた。

「されば玄堂め、こたびは兵四郎が好いておる娘を人身御供にせんと狙いを付けおったわけだの」

「左様にござる」

「おいおい、悠長に構えておるときではなかろう？　あやつの思惑に乗って大奥入りをさせてしまえば、もはや取り返しは付くまいぞ。上様がお気に召された後では手遅れなのだからの」

「それは忠義に反することにござろう」

「には違いないがの……おぬしも兵四郎の親代わりならば、もそっと思い遣《や》って然るべきであろう。違うか？」

「……されば何となさるのです、藪田殿」

「おぬしが動かぬとあれば、儂が玄堂を討とうぞ。むろん、上様のお許しを得た上でなくば為し得ぬことだがの」

「藪田殿……」

定八がここまで兵四郎を気遣うとは意外なことだったが、意行としては一時の感情だけで事を決めるわけにはいかない。

「とまれ、この件は拙者にお任せ願いましょうぞ」

「何とするつもりじゃ、田沼？」

「兵四郎と今一度、話し合《お》うてみましょう。あやつが存念を確かめし上で、如何にするべきかを決めさせていただきまする」

毅然《きぜん》と答えるや、意行は定八に背を向けるのだった。


その夜。

芹之介を屋敷に呼んだ意行は手短に夕餉を済ませ、共に私室に籠もった。

もとより、兵四郎も同席させた上でのことである。

「まったく、宝来玄堂とはつくづく呆《あき》れ果てた輩《やから》じゃのう……」

芹之介は本気で怒っていた。

「今からでも遅くはあるまいぞ、兵四郎。お初さんを連れて、早《はよ》う逃げろ」

「鴨井っ」

すかさず窘めた意行は、じっと兵四郎を見返す。

「儂は上様にお仕えせし身として、おぬしにゆめゆめ駆け落ちを勧めるわけには参らぬ……判るな？」

「は」

「されば、儂が申すことをとくと聞くが良い」

「承りまする」

謹厳な面持ちでいる主人の前に膝を揃え、兵四郎は叩頭《こうとう》した。

「面を上げよ」

告げる意行の口調は重々しい。

応じて、すっと兵四郎は頭を上げた。

「君臣の間の分を弁《わきま》えし上で、お初殿の身を守る手はひとつしかない」

目と目を合わせたまま、意行は続けて言った。

「ここは玄堂めの思惑通り、大奥入りをさせてやるのだ」

「え⁉」

「儂を信じよ、兵四郎。上様はゆめゆめ落花《らっか》狼藉《ろうぜき》を為さる御方には非ず。たとえ俎板《まないた》の鯉となろうとも、お初殿に指一本触れられることはあるまいぞ」

「さ、されど！」

「控えよ」

意行の口調は毅然としたまま、些《いささ》かも変わらない。

お初を逃がすことも保護することも叶わぬ以上、思い切って宝来玄堂の奸計に乗ってみろ。そう主張し続けているのだ。

しかし、それは芹之介にとっては得心しかねる話だった。

「田沼、おぬしは兵四郎を哀れに思わぬのかっ」

「さに非ず。儂は御側近くに仕える身として、上様を信じ奉っておるというだけのことぞ」

「む……」

答えに窮した芹之介をよそに、兵四郎が口を開く。

「殿、ひとつお伺い申し上げまする」

「うむ」

「お手付きとなりし女人は一生涯、畏れながら上様が薨《こう》じられし後も市井に戻り来たることは罷《まか》り成らぬとの由は真実にございまするか？」

「左様。謹んで剃髪《ていはつ》し、桜田《さくらだ》御用屋敷に送られるが定めぞ」

「されば、かかる折には拙者がお初を救い出しても構いませぬか」

「兵四郎……」

「上様のご寵愛《ちょうあい》を賜る仕儀と相成れば、諦めも付きまする。されど不幸な身の上となりたる折は、たとえ何人《なんぴと》を敵に廻そうとも取り戻したく存じまする」

一言一言に命を賭した、真摯《しんし》な声色である。

「……好きにせえ」

答える意行もまた、揺るぎない決意を固めていた。

六

翌日。

木場の太丸屋では、仁兵衛とお初が無言で向き合っていた。

あれ以来、兵四郎は一度も姿を見せてはいなかった。

「いいのかい、お初？」

「あい」

健気に頷く愛娘《まなむすめ》の顔は、哀しみの色に満ちている。

しかし、もはや猶予は許されない。

宝来玄堂は色よい返事を寄越さぬ限り、太丸屋に何が起きても知らぬといった脅しめいた文まで送り付けて来るようになっていた。

もとより恐れる仁兵衛ではなかったが、当のお初がいたたまれない。

今この時を以て、諦めをつけるより他にないと思い定めていたのであった。

一刻後、お初は小石川にある玄堂の屋敷内《うち》に招じ入れられていた。

付き添ってきた仁兵衛は、すでに辞去した後である。

それにしても立派な屋敷だった。

広い庭には桜に梅、桃といった樹木が生い茂っている。それはすべて、玄堂に儒学の個人教授を受けている人々からの贈り物だった。

庭に面した座敷の中で、玄堂は期待に満ちた表情を浮かべている。

と、障子がおもむろに開かれた。

「ほぅ……」

入ってきたお初の姿を一目見るなり、玄堂は満足そうに吐息を漏らす。

お引きずりと裲襠《うちかけ》を羽織らされた娘のたたずまいは、屋号入りの半纏姿で木場を闊歩《かっぽ》しているのとは別人のようであった。

女中たちの手伝いの下で、装束を改めてきたのだ。

豊かな黒髪も武家風に結い直してあり、まったく申し分ない。

「いやいや、目出度い目出度い」

玄堂はすっかり御満悦だった。

幾日も焦らされた後だけに、満足感も大きいのだろう。

「げに美しき様じゃのう……」

惜しみなくお初を褒め称えながら、玄堂は胸の内でつぶやく。

（こたびは大きく利が得られようぞ。何しろ、相手は上様じゃからのう）

吉宗には正室がいない。

紀州藩主の座に着いた翌年の宝永《ほうれい》三年（一七〇六）に輿入れした、伏見宮貞致《ふしみのみやさだゆき》親王《しんのう》の三女である真宮理子《さなのみやまさこ》が若くして亡くなった後には、後妻を娶《めと》ろうともせずに女色を慎んで日々を過ごしていた。

とはいえ、武家の棟梁たる者の務めとして不可欠な、後継ぎの男児を得ることまで怠っていたわけではなかった。

愛妻の理子が流産して果てた後に迎えられた側室は、容姿よりも身体が丈夫であることを優先して選ばれた女人ばかりであった。正徳《しょうとく》元年（一七一一）にはお須磨《すま》の方との間に嫡男の長福丸《ながとみまる》が、同五年（一七一五）にはお古牟《こん》の方との間に次男の小次郎《こじろう》が誕生するに至っている。

長福丸は当年六歳、小次郎は二歳になる。

第二子を流産したお須磨の方が正徳三年（一七一三）に没した後にはお古牟の方が母代わりとなり、今一人の側室で共に大奥入りしたお久《ひさ》の方とともども、長福丸の世話を焼いていた。

吉宗が側室に期待しているのは二人の子どもの養育のみであるらしい。大奥に渡って床を共にすることなど、今や滅多にない様子であった。

しかし、吉宗とてまだまだ若い。

好みに合う、それも若い女人を大奥入りさせれば、目を留《と》める可能性は十二分にあるだろうと玄堂は踏んでいた。

上手く事が運べば、御台所にまで上り詰めさせるのも夢ではあるまい。

そうなれば、玄堂の出世は思うが儘《まま》になるはずだった。

今現在、大奥を取り仕切っているのは先代将軍の有章院こと七代家継公の生母である月光院《げっこういん》だ。

（これは仕掛け甲斐のあることぞ……）

首尾良くお初に吉宗の手が付いて登城が叶う身となった暁には、是非とも彼女を籠絡《ろうらく》してやろうと玄堂は目論んでいた。

八代将軍となった吉宗とは立場の上では義母に当たる月光院だが、実のところは一歳年下の三十三歳でしかない。

武家、とりわけ大身の家における結婚が後継ぎの子を儲けるための手段でしかなかった当時、女人は齢《よわい》三十を過ぎれば御褥御断《おしとねおことわり》――房事《ぼうじ》から自ら遠ざかるのが慣習だった。寡婦ともなれば尚のこと、身を慎むのが当然とされている。

とはいえ、女盛りの身であることに変わりはない。

大奥の女たちが華美な装束や宝飾品に散財せずにはいられないのも、男性から遠ざけられた日常を強いられている反動だったと言えよう。

とりわけ月光院には、その傾向が強い。

剃髪して僧形に身をやつし、質素を重んじる吉宗の指示を表向きは大人しく仰いでいるらしいが、さぞ欲求不満が溜まっているに違いない。義理の息子である吉宗から大奥の全権を委ねられてはいるものの、往時の贅沢に慣れきった彼女が倹約に務めたり、幾千もの女中たちを能く束ねることなど到底全うできてはいるまいと玄堂は見抜いていた。

去る正徳四年（一七一四）に発生した絵島生島事件《えじまいくしま》にしても、月光院が自身の片腕であった御年寄の絵島（江島）を甘やかし、監督を怠っていたがために出来《しゅったい》したことである。

お初をだしにして吉宗に、ひいては月光院に取り入る隙は十分に見出せよう。己が目論みの実現に向けて、玄堂は最初の一歩を踏み出そうとしている。気分が高揚するのも当然だった。

「何も怖がることはないのだぞ、ん？」

鼻息を荒くして語りかける様は、見るからに浅ましい。たとえ如何なる美男子であろうとも、これでは餓鬼に等しいと言うしかない。

対するお初は表情を曇らせたままである。

憂いを帯びていることで、可憐な顔は美しさを増していた。

だが、着慣れぬ裲襠の下では震えが止まらずにいる。

上様のお手が付けば、二度と木場には戻れない。

そして、兵四郎と会うことも叶わなくなる――。

（ごめんなさい！）

今になって詫びても遅いと判っていながら、お初は胸の内で叫びを上げずにはいられなかった。

七

かくして玄堂の養女となったお初は、大奥へ上がる運びとなった。

廻されたのは御三之間《おさんのま》。

湯茶や煙草盆、火鉢の支度に従事する雑用係である。

それでも本来は旗本の娘でなくては配属されない部署なのだが、お初は町家の出とはいえ大店《おおだな》の娘であり、学問にも芸道にも申し分のない素質を備えているのを見込まれての人事だった。

何よりも、宝来玄堂の養女という金看板を背負っているのが効いていた。

生島新五郎にも劣らぬ美男子であり、林家を継ぐまでには至らぬとしても一門の重鎮に上り詰めるであろうことは目に見えている俊才という評判は、この大奥にも知れ渡っている。女護ヶ島を仕切る御年寄連中としても、あまり粗略に扱うわけにはいかなかった。

それに、お初が自分たちの敵になる可能性はまだ低い。

吉宗は手当たり次第に夜伽《よとぎ》を命じるような漁色漢とは違う。まさか新入りの御三之間女中に目を付けるようなことは、ゆめゆめ有り得ぬはずだった。

だが、その吉宗が予期せぬ行動を取った。

「茶を呉《く》れぬか？」

八つ刻《どき》（午後二時）の休憩で大奥に渡って来るや、すたすたと御三之間まで自ら足を運んできたのである。

「は……はいっ」

思いがけぬ事態に驚きながらも、お初は無我夢中で茶を点《た》てる。本来は女小姓の手を介して差し上げなくてはならないと教えられてはいたが、将軍その人より直々に命じられて、速やかに動かぬわけにはいくまいと判じたのだ。

「う、上様っ」

慌てて後を追ってきた御年寄連中は、思わぬ言葉を耳にして凍り付く。

「利発な御三之間だのう。今宵の夜伽、これなる者に申し付くるぞ」

「え……」

周囲の女中たちも目を見開いたままである。

大奥入りしたばかりの、それも素町人の娘が将軍より御声をかけられるとは、まさに前代未聞のことであった。

お初は茫然としたまま、日が暮れるまでに身支度を整えさせられた。

湯浴みも着替えも、ぜんぶ目上の女中たちがしてくれた。

皆、さぞかし腸《はらわた》が煮えくりかえっていたに違いない。

しかし、やっかみ半分で手荒にする者は誰もいなかった。お初の肌に僅《わず》かでも傷を付けてしまえば、厳しく落ち度を問われることになるからだ。

赤ん坊でも扱うように磨き上げられ、着衣を白無垢《しろむく》に改めさせられたお初は奥の御小座敷へ連れて行かれる。

豪奢《ごうしゃ》な屏風が立てられた、薄暗い部屋である。

「入りなされ」

介添え役の御中臈が、怖い顔で告げてくる。上様のお手が付くこともないままに孤閨《こけい》を保っている中年増《ちゆうどしま》の嫉妬の念が、ひしひしと感じられて止まない。

指示されるがままに、分厚い布団に横たわる。肝心の上様がいつお出でになられるのかは、とうとう教えてもらえずじまいだった。

「…………」

お初の肩が小刻みに震えている。

生娘の身にとって、それからの一刻は無限とも思えるほどに永かった。

ぼんやりとした灯火の下に、小柄ながらも引き締まった体軀《たいく》の男の影が浮かび上がる。

掛け布団の片端が、そっと捲《めく》り上げられる。

（兵四郎さん！）

と凍り付きかけた刹那、青ざめた娘の耳に張りのある声が届いた。

「安堵せえ」

「え……」

「このまま眠るが良い。儂はあちらを向いておる故、遠慮は要《い》らぬぞ。ん？」

声を低めての語りかけだった。

御小座敷内には御添寝役の御坊主と御中﨟が、さらには次の間に御年寄と別の御中﨟が床を取り、夜伽の首尾を見届ける役目を仰せつかっている。将軍当人が望むと望まざるとに関わらず、こうして床を並べて不寝番をするのが大奥のしきたりなのだ。

吉宗は体を寄せてくることもせず、すぐに寝息を立て始める。
いつしか、お初もとろとろと眠りに落ちていた。

そして翌朝。

田沼意行は朝風呂を浴びる吉宗のために、湯殿番を承っていた。
指名されての仕儀となれば、口やかましい小姓頭取も文句は言わない。御用之間で密談するよりも、むしろ長いこと話ができるというものだった。

「いやはや、難儀したぞ」

引き締まった裸身を晒《さら》したまま、吉宗は苦笑することしきりであった。
本来ならば幾枚も湯帷子《ゆかたびら》を用意させ、着たまま入浴するのが作法とされているのだが、生来豪放磊落《ごうほうらいらく》な吉宗が意に介するはずもない。
一方の意行も紀州でそうしていたように、臆することなく褌《ふんどし》一枚の格好で主君の背中を流して差し上げていた。

気心の知れた同士ともなれば、吉宗の語る口調にも淀みがない。

「この儂とて、木石《ぼくせき》には非ざる身だからの……花も恥じらう年頃の娘と一つ床の中で大人しゅうしておるのは骨が折れたわ。されど、もしも血迷うて手を出さば向後はおぬしに顔向けができぬからのう」

「さすがは上様。感服仕りましてございまする」

「真実《まこと》、そう思うのか？」

「御意」

「おぬしは堅苦しいのう。湯を浴びておる折ぐらいは、ゆるりとせえ」

「申し訳なきことながら、生来ゆかしき質《たち》にございますれば……」

「ゆ（湯）かしき、か。ははは……」

「ふふふ……」

朝日の差す湯殿に、主従の笑い声が明るく響き合う。

吉宗はお初にわざと夜伽を命じ、余《よ》の床の相手が務まらぬは不届き至極と処断して即刻追放させることで、意行と兵四郎の期待に応えたのだ。

これが直参旗本の娘であれば親兄弟に大耻をかかせたと見なされ、当人は自害を強いられかねないはずだったが、町家生まれのお初にとっては何の傷にもなりはしない。

意行たちの期待を、名君は裏切りはしなかったのだ。それは信頼を預ける配下が大切に想う娘を汚すまいとする、格別の温情ゆえの措置だったと言えよう。

「されど許せぬのは宝来玄堂だの……」

体を拭いてもらいながら、吉宗は低くつぶやいた。

もとより人払いをしてある場となれば、何を口にしても憚《はばか》ることはない。

「卑劣な輩《やから》めを、疾《と》く成敗せい」

学究の徒として柳営を支える立場でありながら、諸大名のみならず征夷大将軍に対してまで、文字通りに媚《こび》を売ってきたのは許せない。

そう断じた結果、決然と下した密命だった。

「心得ましてございまする」

答える意行の横顔も、決意の色に満ち満ちている。

明かり取りから差し込む陽光の下で、主従は速やかに身支度を整えてゆく。

吉宗はこれより朝餉を認《したた》め、一日の営みを始める。

そして意行は交代の者へ役目を引き継ぎ、誰にも気取らせることなく裏の御用を果たしに赴くのだ。

八代将軍の天下に仇《あだ》為す慮外者《りよがいもの》を、人知れず討ち果たす。

それが特命集団に課せられた、余人には果たし得ぬ使命なのであった。

下城した意行は、芹之介の住まう番町へと急ぎ向かった。

「これは悠長《ゆうちょう》に構えてはおられぬぞ、田沼」

昨夜の首尾を聞き終えるや、芹之介は眉間に皺を寄せる。

肉の厚い頬を引き締めつつ、言葉を続ける。

「お初さんは木場の実家ではなく、玄堂めの屋敷へ戻されたのであろう?」

「未だ養女の身となれば、そうせざるを得ぬからの」

「あやつ、用済みの娘に情などは掛けるまいな……」

「やはり、おぬしもそう思うか」

「もとより、お初さんを大人しゅう帰すはずはあるまい。下手をすれば命にまで関わろうて」

「手に掛けるやもしれぬ、と?」

「外顔《そとづら》が良き者ほど、己が身内には酷《むご》く当たるものぞ。まして雪《そそ》ぎ得ぬ恥をかかされたとなれば、尚のことだろうて」

芹之介の指摘は正鵠《せいこく》を射たものだった。

将軍の夜伽を全うできずに大奥を追われたことは、お初自身よりも養父の玄堂にとって耐え難い恥辱《ちじょく》であるからだ。

斯様な次第となった以上、師匠の林信篤にも庇《かば》い切れまい。

これまでに玄堂が好き勝手に為してきた、見目良き女人を大名家へ送り込んでの人脈作りとは話が違うのだ。

畏れ多くも将軍様を相手に媚を売り、袖にされたとあっては、それこそ天下の笑い物である。

儒学者としての栄達への道も、これで完全に断たれたと見なしていい。玄堂がお初に対して覚える怒りは、計り知れないもののはずだった。

「されば鴨井、疾く支度をしてくれ」

意行は速やかに腰を上げた。

「して、兵四郎は？」

「一足早う、小石川へ向かっておる。我らも後れを取るわけには参るまい」

意行は、あらかじめ戦支度《いくさじたく》を整えていた。

羽織の下で革襷《かわだすき》を掛け、両の袖をたくし上げてある。

急を要する事態となれば、たとえ昼日中からでも敵陣に斬り込まざるを得ないと腹を括っていたのだ。

「儂を呼ぶ間も惜しんだというわけか……それで良い」

芹之介は嬉しそうに微笑んだ。

むろん、のんびりと座ったままではいなかった。

立ち上がりざまに刀架の大太刀を摑み、帯の臍前《へそまえ》から左腰に落とし込む。

新しい草鞋を土間に揃えて履き、きっちりと藁紐《わらひも》を結ぶ。

「待たせたの」

「うむ」

阿吽《あうん》の呼吸で頷き合い、二人は長屋を後にするのだった。


兵四郎は一散に駆けていた。

装いはいつもの茶染めの筒袖に、細身の馬乗り袴である。防具の籠手《こて》は風呂敷にくるみ、後ろ腰にきっちりと結びつけてあった。

左腰に帯びた新身《あらみ》の大脇差は、あらかじめ寝刃《ねたば》を合わせ済みだ。意行が選んでくれた磨《す》り上《あ》げ物の一振りには入念に研《と》ぎをかけた上に、荒砥《あらと》のかけらで刃部を軽くこすって切れ味が増すように手を加えてある。

お初を決して死なせてはならない。

何としても、無傷のまま救い出す。

それが叶わぬときには双親代わりの意行と辰に不孝を詫びた上で、太丸屋一家への償いに腹を切って果てる所存であった。

八

小石川・宝来屋敷——。

「馬鹿者めがっ」

怒号が上がるや、お初の頰が音高く鳴った。

「ああっ」

畳の上に打ち倒された娘を、玄堂は冷たく睨《ね》め付ける。

「……」

負けじとお初は睨《にら》み返す。すでに幾度も撲《なぐ》られた後らしく、まるみを帯びた頰が痛々しく腫れ上がっていた。

「痛いか小娘？　されど私の心の痛みに比ぶれば、まだ甘いわっ」

狂気を帯びた叫びであった。

思わず怯えるお初の眼前に、玄堂は抜き放った脇差を突きつける。

怒りに任せて、このまま斬り捨てようとしているのだ。

「死ねぃ」

吐き捨てると同時に、狂気の男は右手に握った脇差を振りかぶる。

と、そのとき。

庭に面した障子が、ぱぁんと開け放たれた。

「何奴⁉」

斬り下ろさんとした凶刃を中空で止めたまま、玄堂は動揺の声を上げる。

突入してきた兵四郎は、覆面で顔を隠していた。

両腕にはすでに籠手を装着し、臨戦態勢を整えてある。

「あ⁉」

振り向くや否や、お初は気を失った。

兵四郎は駆け寄るや否やみぞおちへ拳を打ち込み、失神させたのである。

これより先に為すことを、この純粋無垢な娘に見せてはならない。そう思えばこその措置だった。

「血迷うたか、げ、下郎っ」

一瞬のことに目を白黒させながらも、玄堂は口汚く喚《わめ》き立てた。

「うぬが如き虫けらが、この儂に逆らい得るとでも思うたのか！」

きっと眦《まなじり》を決し、兵四郎は声を限りに言い放った。

「この野郎、よくも俺の大事な女《ひと》を痛め付けてくれたな!!」

門外にまでは聞こえぬとはいえ、家士たちの耳に届くのは承知の上での咆哮《ほうこう》であった。

「で、出合えっ」

急を知った家士たちが、おっとり刀で奥座敷に駆け付けてくる。

そこに二人の男が風を巻いて飛び込んできた。

「む!?」

「わあっ」

数名の家士が吹っ飛ばされる。

割り込んできた男たちの、苛烈《かれつ》な鉄拳と足払いを喰らったのだ。

「無茶をするでないぞ、兵四郎」

抜き身の大太刀を引っ担《かつ》ぎ、芹之介はごつい顔に苦笑を浮かべてみせる。

「左様。大切な女人を連れたままで多勢と渡り合うなど、無謀の極みぞ」

左手を鯉口に添わせて立ち、居並ぶ敵を牽制しながら意行が告げてくる。

「黙れ」

頼もしき仲間たちの登場だった。

「こやつら……」

加勢が増えたと知ったとたん、玄堂は迅速な行動に出た。

気絶したままのお初をさっと抱え上げるや、廊下に飛び出したのである。

「お初！」

悲痛な声を上げる兵四郎に、意行は凛《りん》とした声で告げた。

「早《はよ》う、行けっ」

刹那、意行は鯉口を切った。

抜き打ちの一刀が、不意を突こうと斬りかかってきた家士の胴を薙《な》ぐ。

芹之介も負けじと突撃した。

「退《の》けーぃ!!」

大喝《だいかつ》しながら、長尺の刀身をぶん回して斬りまくる。

速攻の、かつ力強い攻めだった。

部屋の角《すみ》に追い込んで膾《なます》斬りにせんとした目論見は完全に外れ、家士たちは劣勢に立たされていた。

堪《たま》らずに逃れ出た面々を追って、芹之介は悠然と庭に降り立つ。

「無駄に命を捨てることはあるまいぞ、ん？」

血濡れた大太刀を引っ提げたまま、居並ぶ敵を睥睨《へいげい》する。

「後生を大事にしたいのならば、追いはせぬ。早う去れい」

「吐《ぬ》かせ！」

一人の家士が猛然と斬りかかってきた。

この上も刃向かおうとするからには、もはや殲滅《せんめつ》するより他にあるまい。

「馬鹿者めが!!」

叫びを上げた次の瞬間、三尺近い刀身が唸りを上げて振り抜かれた。

意行の居合と芹之介の野太刀術を以て立ち向かえば、凡百の遣い手ではとても歯が立つものではない。

しかし、のっそりと現れた三人の新手は強敵だった。

「成る程、金回りの良い奴ともなれば手強そうなのを飼っておるのう」

芹之介は不敵にうそぶきながら、大太刀を八双に取り直す。

意行も定寸刀に血振りを呉れて、一挙動で鞘に納めた。

すでに第一陣の家士団は全滅し、座敷と庭先のあちこちに冷たい亡骸《なきがら》と化して転がっている。

同じ釜の飯を喰ってきた朋輩《ほうばい》たちを平然と踏みつけつつ、三強の敵——二人組の陸尺と浪人風の家士は間合いを詰めてくる。

陸尺たちは六尺棒を、家士は寸が詰まった二尺そこその刀を握っている。いずれも手強い得物《えもの》であった。

どこの屋敷の門番でも持っているような、ありふれた棒といえども力士じみた大男が振り回せば絶大な威力を発揮する。不用意に喰らえば、ただ一撃で骨まで砕かれてしまうことだろう。

短寸の刀も侮《あなど》り難い。

刀は、必ずしも長ければ長いほど有利とは言えない。

初太刀で敵を捉え、一刀の下に勝負を決することができるならば間合いがより広く取れる、長物《ながもの》のほうに利がある。しかし最初の一太刀をかわされてしまえば構え直すのに一瞬の遅れが生じ、その隙に反撃されてしまうのだ。

刀は長いほど重くて扱い辛く、短かければ短いほど軽量で取り扱いやすい。

この不敵な面構えの家士は、よほど打ち込みの速さに自信があるのだろう。さもなければ大太刀を自在に振り回す芹之介に対し、正面から挑んでくるはずもなかった。

「ヤッ！」

鋭く気合いを発するや、家士は一気に間合いを詰めてくる。

片手上段に振りかぶった刀が迫り来る。

刹那、盛大な金属音が上がった。

芹之介は横一文字にした大太刀を体の前面にかざし、敵の斬撃《ざんげき》をものの見事に受け止めたのだ。

だが、まだ勝負は付いていない。

合わせた刀を、家士はぐいぐい押し付けてくる。大した膂力《りょりょく》の強さだった。

負けじと押し返すかと思いきや、芹之介はすっと刀身を傾《かし》げた。嵩《かさ》にかかって圧してくる敵の刀を打っ外《ぱず》し、体勢を崩させたのだ。

「うおっ⁉」

均衡を失った次の瞬間、家士は血煙を上げた。

意行も後れを取ることなく、手練《てだれ》の技を発揮していた。

「ぶっ」

「ぐえ⁉」

苦悶の声を上げたとき、巨漢どもは存分に胴を薙《な》ぎ斬られてしまっていた。

小柄な意行を侮り、叩き潰さんと六尺棒を思い切り振りかぶったところに抜き打ちを続けざまに喰らったのである。

「さすがだの」

「おぬしもな……」

視線を交わして互いの無事を確かめ合うや、二人は同時に駆け出した。

門のほうから激しい剣戟《けんげき》の響きが聞こえてくる。

玄堂は薙刀《なぎなた》を引っ提げていた。非常時の備えとして玄関の長押《なげし》に架けてあった得物を取り、兵四郎を返り討ちにせんとしているのだ。

お初はと見れば石畳の上に放り出されている。学者らしからぬ遣い手の玄堂もさすがに背負ったままではいられなかったのだろう。

「大事ない。気を失《うしの》うておるだけじゃ」

脈があるのを手早く確かめ、芹之介は娘の身柄を保護する。

しかし、一方の兵四郎は苦戦を強いられていた。

致命傷には至っていないものの、体中に浅手を負わされてしまっている。

「死ねい、下郎！」

凶刃が容赦なく迫り来る。

ぶんぶんと唸りを上げて、重たい刀身が兵四郎を追い込んでゆく。長柄《ながえ》武器は手強いものである。とりわけ薙刀・長巻《ながまき》の類は刀で制するのが至難の得物だった。間合いを広く取ることができるだけでなく、足元を狙って攻めるのも自由自在だからだ。

それでも、若き戦士は怯《ひる》みはしない。大振りの双眸を喝と開き、怒りの眼差しで玄堂を絶えず見返しながら、軽やかな足捌《さば》きで攻撃をかわし続けていた。

鍛え抜かれた強靱《きょうじん》な足腰が、人間業とは思えぬ動きを可能とするのだ。お初が保護されたのを確かめたことで、五体の内に更なる力が宿ってもいたのだろう。もはや凶刃にかすめられることもなくなっていた。

南洋の豹《ひょう》を思わせる、俊敏きわまりない所作だった。

隙を突いて馬針を投じていれば、一撃で仕留めるのも可能だったであろう。しかし、籠手に仕込んだ飛剣《ひけん》には手を伸ばそうとしない。

許し難き外道をただ一撃で楽には死なせるまい。そう心に決めているのだ。

「おのれ……」

玄堂の顔が焦りに歪む。勢い込んで攻め続けたせいで息も荒くなっていた。

刹那、だっと兵四郎は地を蹴った。

正面に向けて振るった大脇差が短く、力強い刃音を立てる。

「ぐわっ⁉」

刃筋を通しての斬撃は、玄堂の真っ向を深々と断ち割っていた。

血濡れた大脇差を逆手に持ち替え、胴を刺し貫く。

「見事じゃ」

手を出さずに見守ってくれていた意行の一言に、兵四郎は力強く頷き返す。

まだ、お初は目を覚ましてはいない。

可憐な娘を己が出世の道具にしようと企み、目論見が外れたとたんに始末せんとした外道学者は、若豹の怒りの二太刀の前に果てたのであった。

九

かくして、平和な日常が戻ってきた。

「もう学問は御免ですよぉ、兵四郎さん」

「そう言わずに付き合《お》うてくれよ、な？」

嫌がるお初を宥《なだ》め賺《すか》しつつ、兵四郎は田沼屋敷を後にする。

向かう先は八重洲《やえすがし》河岸の高倉《たかくら》屋敷だ。

こちらは湯島の聖堂と違って毎日、庶民に教育の場を提供してくれている。意行は吉宗の許しを得た上で、林家の学問所通いを再開するようにと兵四郎に勧めたのであった。

宝来玄堂の横死が不問に付された後、痛く反省した末に初心に返った林信篤は初歩の初歩から判りやすく、漢籍を講義することを心がけて湯島と八重洲河岸を精力的に行き来するようになっている。不心得者の弟子に将軍家の侍講の権威を利用され、父祖代々の立場を危うくしていた己の愚にようやく気付いたのだ。

これで庶民教育の場としての学問所も晴れて体裁が整い、受講を希望する者も少しずつ増えてくることであろう。

ともあれ、兵四郎とお初も一安心のはずだった。

仲の良い二人を見守りつつ、門前に立った意行と芹之介は明るく語り合う。

「やれやれ、ようやっと元の鞘に納まったのう」

「まだまだ縁付くのは先のことであろうよ。兵四郎は育てた儂に似て、純情な奴だからの」

「左様か？」

悪戯《いたずら》っぽく微笑むや、芹之介は続けて言った。

「聞けばおぬし、辰殿を口説き落としたのは随分と早かったそうだが」

「え」

「何かと口実を設けては足繁く屋敷を訪ねて、どうにかして親しくなろうと懸命だったらしいのう」

「……」

芹之介の突っ込みに、意行は赤面せざるを得なかった。

たしかに言われた通りである。

まだ紀州藩に仕える一介の足軽だった若き頃、意行は単身出府して江戸の藩邸に勤番していた。愛妻の辰と出会ったのは、その折のことだった。

辰は野州《やしゅう》の郷士の娘であり、意行にとっては実の叔父に当たる江戸常勤の紀州藩士・田代七右衛門高近《たしろしちえもんたかちか》の許で女中奉公をしていたのである。

才色兼備の辰に一目惚れした意行が早々に求婚し、叔父の養女という形にしてもらって嫁に迎えたのは事実だが、あの当時の芹之介は諸国を武者修行に歩いている真っ最中で、まだ江都に住み着いてはいなかったはずだ。

まさか辰が口外するはずもない過去の経緯を、なぜ承知しているのだろうか。

「い、一体、誰に聞いたのだ⁉」

「決まっておろう、田代のおやじ殿よ」

動揺しながら食ってかかる意行に、芹之介はさらりと告げる。

「儂もおぬし共々、幼き頃から可愛がって貰《もろ》うたからのう。実は、今もお屋敷に出入りをさせていただいておるのじゃ。おぬしの若気の至りについては、他にもいろいろと耳にしておるわい」

「されば、お、叔父上が吹聴したのかっ？」

「怒るな怒るな。はははは……」

意行が真っ赤になった様を眺めやり、芹之介は大笑した。

しかし、余りからかっては生真面目な朋友が可哀相であろう。

「ま、ま、許せ」

黙り込んだ意行の肩をぽんと叩くや、芹之介は言葉を続ける。

「あの二人も願わくば、おぬしらのように添わせてやりたいものだのう」

「左様……」

重々しく咳払いをしつつ、意行はつぶやく。

「されど、これより先は兵四郎が己自身の器量で決めることぞ。見ていて如何に歯痒《はがゆ》かろうとも、余計な節介をしてはなるまい」

「左様、左様」

威厳を保たんとする朋友に、芹之介はまたしても突っ込みを入れる。

「精々おぬしを見習わせて、惚れた女子の気を引くためならば歌を学べと教えてやることだの。うん、それが一番の早道やもしれぬ」

「こやつ！」

「おっと」

襟首を引っ摑もうとした意行の手を、芹之介は機敏にかわす。

「待て待てっ」

「捕まえられるものなら捕まえてみよ。はっはっは」

年甲斐もなく追いかけっこを始めつつ、男たちの横顔には息子とも想う兵四郎への愛情が満ち溢れていた。

第三章　怒りの大風

一

八月――。

陽暦ならば、すでに九月である。

実りの秋が到来するかと思いきや、道行く人々の表情は一様に暗い。

必要以上に明るいのは、昼下がりになってもきつい陽射しばかりだ。

どこの町でも路は乾き切り、砂埃《すなぼこり》がもうもうと舞っている。開府当初もかくやと思えるほどに、砂塵《さじん》だらけの有り様だった。

江都の民が朝に必ず打ち水をして路上を掃き、箒目を付けることを日々の美徳とする人々なのは言うまでもない。

しかし、今は撒《ま》くための余り水が無いのだ。

旱《ひでり》続きのため、江都は深刻な水不足に見舞われていたのである。

江戸の地は古来より水質の悪さが泣き所であったため、神田と玉川の二大上水道が完備していた。

地中に石垣樋《どい》や木樋を埋め込み、市中各所に水を供給する仕組みが、開府早々から整えられていたのである。

だが、打ち続く旱のために給水量は減る一方だった。

大川東岸の中川《なかがわ》を水源とする本所《ほんじょ》（亀有《かめあり》）上水も、状況は同じである。

それに玉川上水が危ういとなれば、支流に当たる三田《みた》、青山《あおやま》、千川《せんかわ》の三上水も役には立たない。

承応《しょうおう》三年（一六五四）六月に玉川上水の通水が始まるまで水源地とされていた赤坂溜池《あかさかためいけ》も涸れる一途を辿っており、今となっては水質の善し悪しを差し引いてもまったく用を為さなくなっていた。

江都の民は、日々の炊事に供する水を調達するのもひと苦労であった。

こんなときに頼りになるのは、やはり男手だ。

田沼屋敷の裏門を、着流しの裾をはしょった若い男が潜っていく。

千波《せんば》多吉《たきち》、二十二歳。

田沼家に仕える若党の一人である。

同輩の白羽兵四郎は宿直《とのい》を仰せつかった主人に伴われ、泊まりがけで登城していて今日は留守だった。

「ったく、兵の字がいねぇ日は面倒が多くていけねぇや……」

ぼやきながらも、天秤棒を担《かつ》いだ腰つきは安定したものだった。

担いでいるのは、飲み水を満たした桶である。

屋敷の井戸がすっかり涸れてしまったため、麴町五丁目の紀州藩上屋敷に日参しては水を分けてもらっているのだ。

物干しのある小さな裏庭を通り抜け、多吉は勝手口へと向かっていく。

歩を進めるたびに埃が舞い立つ。

桶の端から水がこぼれても、すぐ地面に吸い込まれてしまう。それほどまでに何処《どこ》もかしこも乾き切っているのだった。

「あーあ、重かったぜぇ」

桶を下ろすなり、多吉は大儀そうに声を上げる。

ぼやき声を聞き付けて、勝手口から年嵩《としかさ》の女中が顔を見せた。

菊江《きくえ》、四十八歳。

田沼家の台所を預かる女中頭《がしら》だ。

「遅かったじゃないか、多吉っつぁん。これが兵さんだったら、とっくに帰って来てるところだよ！」

皺の寄った口をすぼめて、菊江は言った。夕餉《ゆうげ》の炊事を早く始めたくても肝心の水がなかなか届かずに、若い女中の美津《みつ》ともども苛々《いらいら》していたのだ。

「そうだよぅ、吉ちゃん」

菊江の尻馬に乗って、美津が色の黒い顔をしかめて見せる。

「殿様がお留守にしていなすって、奥様もお義父《とう》さまのとこにお出でになられているからって、横着しちゃいけないよぅ」

美津は当年十八歳。武州の山奥から奉公に出てきて間もないが、江戸生まれの菊江の薫陶《くんとう》よろしく、言葉遣いも立ち居振る舞いも垢抜けてきつつある。とはいえ生来のんびりした性分らしく、その口調はおっとりとしたものだった。

「いい女が二人して喚《わめ》きなさんなよ。俺っちはこれでも韋駄天《いだてん》走りに駆け通してきたんだからさぁ」

文句を軽く受け流しつつ、多吉は天秤棒から外した桶を持ち上げる。

「あらよっと！」

多吉は中間《ちゆうげん》あがりの若党だ。

これまでは威勢の良さが身上の渡り中間として働いてきた身だが、半年ほど前に田沼家へ奉公に上がるとき、若党の手が足りないということから俄拵《にわかこしら》えの一本差しと相成った。

意行のお供をして外出するときだけは羽織と袴を着け、慣れぬ大脇差をたばさんでいるが、ふだんは着流しと半纏《はんてん》姿で過ごすのが常である。

いつもは力仕事など兵四郎に押し付け、さぼりを決め込んでいるお調子者なのだが、必要となれば骨身を惜しまず励んでくれる。

菊江と美津が遠慮無しに文句を言うことができるのも、気のいい若者に親しみを覚えていればこそなのだ。

水は土間の甕《かめ》に溜めておき、柄杓《ひしやく》で汲み出して炊事と飲料に用いられる。

「へっ、旱続きじゃボウフラも湧きやしねぇ」

乾き切った甕に水を移しながら、多吉はつぶやく。

江都では蚊の数もめっきり減っていた。

血を吸われずに済む人間にとっては不幸中の幸いとも言えようが、餌がいないために小鳥たちはさぞ困っていることだろう。水溜まりもできなくなった地面は乾き切り、蚯蚓《みみず》の姿も見かけなくなっていた。

多吉が二つ目の桶を抱え上げたところに、小柄な中間が入ってきた。

弥八《やはち》、五十二歳。

諸方の屋敷で長年働いてきた、年季の入った武家奉公人だ。

紀州藩士から直参に取り立てられた田沼意行が屋敷を拝領したのに伴い、菊江や多吉らと共に新規お召し抱えとなった身である。

生真面目な主人夫婦に能《よ》く仕え、当初は江都の地理やしきたりに不慣れだった兵四郎の面倒も何くれとなく看《み》てくれてきた好々爺であった。

「ご苦労だったなぁ、吉」

気の良い笑顔を向けてきながら、弥八は問うた。

「随分と時がかかってたようだが、またぞろ順番待ちかえ?」

「その通りさね、とっつぁん……」

多吉は大仰に苦笑して見せた。

「紀州様のお声がかりでご直参になりなすったのは、うちの殿様だけじゃねぇんだってことが良く分かったよ」

「そんなに大勢、汲みに来ていなさるのかい」

「ったく、どこのお屋敷でも往生してるらしいぜぇ」

ぼやきながらも、こぼさぬように水を注ぐ手付きは慎重そのものである。

たしかに、このところの水不足は常軌を逸していた。

汲みに行くのはしんどくても、主人の縁故を頼りにして給水することができている田沼家の人々は、まだ幸せなほうだった。

江都の井戸のほとんどは神田もしくは玉川上水の汲み出し口であり、水源地が涸れてくればたちまち空《から》井戸と化してしまう。長屋暮らしの町民たち、とりわけ裏店住まいの貧乏人は日々の飲み水にも事欠く始末で、やむなく川の水を汲んできては漉《こ》したり煮沸したりして、急場を凌いでいるという。

「このまんまじゃ大事になるなぁ……」

多吉が放り出したままの天秤棒を片付けてやりつつ、弥八は溜め息を吐《つ》く。

さっそく炊事を始めていた菊江と美津も、不安そうに顔を見合わせていた。

果たして、田沼家の奉公人一同の言い知れぬ予感は的中した。

その日の夜半、江都の深刻な水不足に追い打ちを掛ける、恐るべき事件が発生したのだ。

二

異変が起きたのは田沼屋敷に程近い、麴町の町人地だった。

裏店《うらだな》に住まう、独り者の大工が変死を遂げたのである。

留吉《とめきち》という大工は振舞い酒に酩酊して帰宅し、長屋の井戸で酔い覚ましの水をしたたか飲んでいる最中に苦しみ出したのだ。

異変に気付いた近所の人々が医者を連れてきたときはすでに遅く、苦悶した末に息絶えてしまっていた。

死人が出たとなれば、速やかに町奉行所へ届けなくてはならない。

取り急ぎ亡骸《なきがら》は部屋に運び込まれ、自身番の若い衆《し》が月番の奉行所へ走る。

それにしても、不可解な死に様だった。

留吉の両の手は奇妙な形に折れ曲がっている。散々に苦悶し、のたうち回ったあげくの果てに絶命したのだ。

「……こいつぁ毒だな」

枕辺《まくらべ》に座した医者は、淡々とつぶやいた。

無精髭を生やし、やさぐれた雰囲気を漂わせる中年男である。

小川笙船《おがわしょうせん》、四十六歳。

白羽兵四郎と仲の良い、新次たち愚連隊の面々が懇意にしている漢方医だ。麹町に診療所を構える笙船は本道《ほんどう》（内科）だけでなく金創《きんそう》（外科）の治療にも秀でており、凶弾に倒れた兵四郎の命を救ったこともある。それほどの腕を持ちながら療治代や薬礼を不当に取ることはせず、その日暮らしの町民たちにとっては心強い味方であった。

だが、如何《いか》に名医といえども、死人に対しては為す術《すべ》もない。

「まさか留の奴、酒の席で一服盛られたってんじゃないでしょうね、先生？」

問うてきたのは留吉の隣に住む、下駄屋の孫八《まごはち》だった。

「違うな。急に毒が回ったせいで、こんな姿になっちまったんだ……体中の経絡《けいらく》がいかれちまってるよ、可哀相に」

笙船の答えは単純にして明確だった。

さすがは評判の名医と言うべき所見であるが、毒物の正体を即座に判じることまではできていないらしい。

「烏頭《うず》（トリカブト）でも毒虫でもなさそうだ……。阿蘭陀《オランダ》か唐《から》か、海の向こうから来たもんかもしれねぇ。何も堅気の大工をこんな目に遭《あ》わせなくってもいいだろうによ」

渋面《じゅうめん》を浮かべつつ、笙船は亡骸の顔に白布を掛けてやる。

「気の毒になぁ」

「いい奴だったのになぁ、留よう」

枕辺に座した住人たちは、痛ましげに声を上げる。

「しっかりせえ。おぬしらが打ち沈んでおっては留吉も浮かばれぬぞ」

皆を励ますように告げるや、笙船は続けて言った。

「おい、誰か濯《すす》ぎを呉《く》れぬか？」

「すみやせん」

涙ぐんでいた孫八が、気を取り直して立ち上がる。突然の出来事に一同は慌てふためき、笙船に手洗い用の水を汲むのも忘れていたのだ。

「ありゃ、甕が空っぽだ……ちょいと待っておくんなさいまし」

土間の隅に置いてあった手桶を取り、孫八は腰高障子を引き開けた。

この長屋の共用井戸は掘り抜きである。

高台の麹町界隈《かいわい》では、良質の地下水が得られる。おかげで界隈の人々は早続きでも飲料水に事欠かず、日々を健やかに過ごすことができていたのだ。

留吉の死に続く、第二の異変が起きたのはその瞬間だった。

孫八が井戸端に立ったとたん、木戸のほうから物々しい足音が迫り来る。

「その井戸、勝手に汲むことは相ならぬぞー！」

駆け付けたのは、奉行所の小者《こもの》の一団だった。町同心が個別に抱える目明かしとは異なり、奉行所がまとめて雇っている連中である。

小者たちは青竹と荒縄を携えていた。

「ほら、縄よこせ！」

「早《はよ》う縛れ！」

たちまち井戸には蓋が被《かぶ》せられ、厳重に塞がれてしまった。

釣瓶《つるべ》の縄が、ぶつりと切られる。

界隈の住民にとって命の綱である井戸が、一瞬のうちに使えない状態にされてしまったのだ。

騒ぎに気付いて路地へ出てきた笙船と住人たちも、揃って茫然《ぼうぜん》としている。

そこに一人の同心が現れた。

剃刀《かみそり》を思わせる細い両の目から、鋭い殺気が放たれている。身の丈こそ並だが肩幅の広い、がっしりした体軀《たいく》の持ち主だった。

「どういうこってす、お役人様？」

訳が分からずに問うてくる孫八を、同心はじろりと睨《ね》め付ける。

「死にたくなけりゃ、四の五の吐《ぬ》かすんじゃねぇ……」

地の底から湧き上がるような、低く野太い声だった。

田中俊英《たなかとしひで》、三十五歳。

事件の捜査を担う廻方《まわりかた》同心としては若年ながらも、名前に違《たが》わぬ俊才と評判の切れ者である。

田中の所属は、常盤橋《ときわばし》の中町《なかまち》奉行所だ。

当時、江戸市中の治安は南町、中町、北町の三奉行が預かっていた。

一月ごとに交代する輪番制で公事《くじ》（訴訟）の窓口となり、当月に発生した事件の捜査を担うのだ。

果たして、長屋に乗り込んできた田中が住人一同に通達してきたのは驚くべき内容であった。

「留吉と同じようにくたばっちまった者《もん》が、今宵のうちに幾人も出てるんだぜぇ
……掘り抜き井戸に放り込まれた、毒にやられてなぁ」

ここ麹町のみならず本郷《ほんごう》、小石川《こいしかわ》、飛鳥山《あすかやま》など、市中でも良質の水が得られる

町ばかりで死人が出たというのだ。

井戸に毒を仕掛けての同時多発殺人という、恐るべき凶行であった。

「それは真実《まこと》ですかな、お役人様？」

信じ難い様子の笙船に、田中は即座に答えていた。

「疑わしいってんなら、いつ何時《なんどき》でも常盤橋を渡って来ねぇ。お前《めえ》さんも評判の名医なんだしよ、同じ毒にやられたのかどうかを判じるぐれぇは容易《たやす》いことじゃねぇのかい？　ま、どこの何者《なにもん》の仕業なのかまでは突き止められめえがな」

「む……」

嵩《かさ》に掛かった物言いに抗しきれず、笙船は押し黙る。

廻方同心に特有の伝法な、かつ下卑《げび》た口調で田中は続けざまに捲《ま》くし立てた。

「金輪際、この井戸は使っちゃならねぇ。俺《おい》ら中町がお調べのために汲み出しに来るときより他は、ゆめゆめ蓋を開けてはならねぇぞ。そう心得やがれい」

一方的な申し渡しであった。

「さ、行くぜぇ」

話は終わったと言わんばかりに、田中は踵《きびす》を返す。

留吉の亡骸は戸板に載せられ、小者たちが運び去っていく。

笙船も住人たちも立ち尽くしたまま、返す言葉がない。

ともあれ、大事な井戸が猛毒に汚染されてしまったとなれば、明日からは他所《よそ》で水を手に入れる算段を付けなくてはならなかった。

「皆、気を落としてはいかんぞ！」

励ます笙船自身も大いに不安だった。

喉の渇きを癒したり飯を炊くだけならば川の水を汲んできて煮沸すれば急場を凌ぐこともできようが、医療器具を洗うには清浄な水が必要である。

永らく頼みにしてきた井戸が封じられてしまったとなれば、一体どこまで汲みに行けば良いものか――。

一人の大工の死は、麴町の人々の日常に思わぬ波紋を拡げようとしていた。

三

事件を詮議することになった中町奉行所の田中俊英は市中各所の井戸の使用を禁じたのみならず、小者たちに厳しい監視を命じた。

わずか一晩のうちに十名を超える犠牲者が出たとなれば、たしかに尋常なことではない。強硬手段を取ったのも無理からぬことと言えよう。

とはいえ、十余箇所もの井戸が封じられたことの影響は甚大であった。

毒を投げ込まれた井戸はいずれも水質が良いだけでなく量も豊富であり、近在のみならず遠くからも水を貰いに日参する者が後を絶たなかった。

皆の命の綱である飲み水が、何者かによって引き起こされた凶行のために汲めなくなってしまったのだ。

この一件の後始末について、田中は中町奉行の坪内能登守定鑑《つぼうちのとのかみさだかね》より委細を任されているという。

井戸封じのみに掛かりきりになっていたわけではなく、月番の役目についても遺漏無く果たしている以上、南北の町奉行所としても強くは出られない。

それにしても何故、中町奉行所は市中の井戸が汚染されたことをいち早く察知したのだろうか。

疑問を抱いたのは、南町奉行の大岡越前守忠相《おおおかえちぜんのかみただすけ》だった。

「こいつぁ稀有《けぶ》（奇妙）だなぁ」

奉行所奥の私室に座し、忠相は頻《しき》りに首を捻《ひね》っていた。

太い首の上に乗っかっているのは、福々しい童顔である。生後三月《みつき》ばかりの赤ん坊を思わせる造作が何とも愛らしい。

まるい童顔の眉間に皺を寄せながら、忠相は頻りに思案を巡らせていた。

「あらかじめ事が起こるって判《わか》ってでもいなけりゃ、こうも早く手を廻せるはずはあるめぇ……」

南町奉行所は数寄屋橋《すきやばし》の御門内にある。

ここ半年来で、南町の与力・同心衆のお勤めぶりは以前とは見違えるほど真摯《しんし》なものになりつつある。それも去る二月に大岡忠相が新奉行として着任して以来のことだった。

忠相は許し難い凶悪犯に容赦なく極刑の裁きを下す一方で、たとえ人を殺《あや》めるに至ったとしても情状酌量のある者に対しては温情を示し、できるだけ罪が軽くなるように取り計らう配慮を忘れぬ好漢と評判を集めている。

その面は悪党には夜叉《やしゃ》、善人には菩薩と映るらしい。もっとも、赤ん坊めいた童顔は優美な観音菩薩というよりも、従者の善財童子《ぜんざいどうじ》のほうに良く似ていた。

肉付きの良い顎をすっと上げ、忠相は縁側に視線を投げかける。

「お前さんも、妙なことだと思わねぇか？」

「はい」

開け放たれた障子の向こうに、一人の女が控えていた。

目鼻立ちこそ地味だが、抜けるように肌が白い。

身の丈は並だが肉置《ししお》きが良く、顔立ちも体付きも艶《つや》っぽさに満ちている。地味な木綿物を着ていても、男の目を惹かずには置かない妖艶《ようえん》ぶりであった。

文江《ふみえ》、二十六歳。

南町奉行所出入りの密偵で、本名はおぶんという。

この女、以前は盗賊一味の手先であった。

諸方の商家に女中として潜り込み、男好きのする容姿を武器に主人を籠絡《ろうらく》しては凶悪な賊徒の仕事を助けてきたのだ。

将軍の命を受けた田沼意行一党の活躍により盗賊どもが殲滅《せんめつ》された後、忠相はおぶんの罪を許し、女間者《かんじゃ》として働くことを勧めた。

以来、文江と名を改めた彼女は忠相に能く仕え、諸方へ探索に出向いては情報を収集することに務めてくれている。

悪事から足を洗ったが故なのか、かつては険《けん》のあった目元も心持ち柔和《にゅうわ》になりつつあり、頬のそばかすも愛らしく見えるように感じられた。

そんな彼女に、忠相は今や全幅の信頼を預けている。

人払いをした上で呼んだのは、表立って関与することのできない件についての調べを命じるためであった。

「聞けば中町の小者どもが夜毎に諸方の井戸へ出向いちゃ、水を汲んで回ってるっていうじゃねぇか」

「存じておりまする。先夜も隠密廻の方々が尾《つ》けなすったとの由にございますが……」

「残念ながら何処かへ運んでる途中に気付かれちまってなぁ、これからお調べのために入り用だとか何とかはぐらかされて、結局のところは無駄足だったよ」

「残念にございましたね」

「それにしたって、稀有な話さ」

福々しい顔を歪め、忠相は苦笑する。

「水ん中に入っている毒を調べるだけのことに、どうして大八車に積むほど汲み出さにゃならねぇんだい？」

「たしかに……問いつめるわけにはいかなかったのですか」

「小者とはいえ、中町に飼われていやがる連中だからな、無理無体に引っ張ってけば、あちらのお奉行から越権だの何だのと、ねじ込まれるのが落ちだぁね」

苦笑を漏らしつつ、忠相は言葉を続けた。

「そういうわけで、面目ねぇが廻方じゃ手に余ってるんだ。ここはひとつ、お前さんの得意なやり方で埒《らち》が明《あ》くようにしちゃくれめぇか？」

「心得ました、お奉行様」

「しっかり頼むぜ……だけど、無茶だけはするんじゃねぇよ」

「お任せくださいまし」

頷《うなず》き返す文江の顔は自信に満ちている。

早続きでも日焼けとは無縁の白い肌が、縁側に差す陽光に照り映えていた。

文江は、その夜から迅速に行動を開始した。

あらかじめ忠相は配下の隠密廻同心たちに彼女と連携することを命じ、今までに押さえた情報も余さず提供するように指示してあった。

もとより、同心衆は密偵を軽んじたりはしていない。自分たちだけでは限りのある調べを遂行してくれる、頼もしい助っ人と認知していた。

(ほんと、物々しいもんだね)

夜道を忍び歩きながら、文江は胸の内でつぶやく。

黒目がちの双眸《そうぼう》に映じていたのは、幾台もの大八車だった。

車の上には、それぞれ空の樽が積まれている。

人数も多い。後を押す者まで含めれば、十名近くにも及ぶ頭数であった。

夜が更けると同時に常盤橋を発った、中町奉行所の小者一行の後を文江は尾行していたのだ。

その装いは、日中の地味な形《なり》から一変していた。

黒染めの単衣《ひとえ》に白地の扱《しご》き帯を締め、頬被りで顔を隠している。

蝙蝠《こうもり》を思わせる、闇に溶け込む装束《しょうぞく》は夜鷹《よたか》を模したものである。こうして客が付かずに夜道をぶらついている態《てい》を装っていれば、たとえ見咎《みとが》められても障りはないと判じた上でのことだった。

南町の隠密廻がこれまで尾行を重ねてきた結果、中町の小者たちは十余箇所の井戸を一晩ずつ廻り、しこたま水を採取していることが判明ずみである。

水質検査のためならば、竹筒にでも汲んで持ち帰るだけで十分だろう。

それを大挙して繰り出し、水で満たした樽を大八車に満載して運び去っていくとは尋常なことではない。

かくして中町一行の不審な動向を突き止めたものの、こちらの正体が露見してしまったとあっては捜査の続行もままならない。

故に文江は女であることを利用し、夜道を往来しても怪しまれることのない形に変装した上で、尾行に単身乗り出したのだ。

一行の先頭を往《ゆ》く小者は、御用提灯《ちょうちん》を提《さ》げていた。

町境《まちざかい》の木戸に差しかかるたびに、番人に向かって提灯をかざして見せる。

何食わぬ顔で通過していくのを見届け、文江も後に続く。

懐中にはあらかじめ、忠相直筆のお墨付きが忍ばせてあった。

「お町（奉行所）の御用にござんす。お通しくださいまし」

南町奉行の署名と花押《かおう》入りの書状を示せば、どの町の木戸でも足止めを喰らうことはない。おまけにちょいと微笑みかけてやれば、苦もなく通り抜けられた。

文江は気取られぬ程度に間合いを取り、一行の後を尾けてゆく。

小者たちが向かった先は音羽《おとわ》だった。

名刹の護国寺《ごこくじ》を擁する音羽の門前町は江都でも有数の盛り場だが、その周囲は長閑《のどか》な田園地帯であり、良質の水が得られる。後の幕末から明治の世にかけては紙漉場《かみすきば》が百軒近くも設けられ、活況を呈したほどである。

一行のお目当ては、中でも名水が湧き出ると評判の掘り抜き井戸であった。

過日の毒物騒ぎ以来、きっちりと蓋がされている。交代で見張りの者が付いており、近隣の住人たちが隙を見て釣瓶を下ろすこともままならない。もとより、この井戸の水を飲んで悶死した者が出たときに釣瓶は縄を切られてしまったままになっていた。

むろん、釣瓶なしに水を汲むことはできない。

大八車を停めるや、おもむろに桶が取り出される。

もともと井戸に備え付けられていたものではなく、箍《たが》もつやつやしている新品だった。

断たれた縄の端にきっちり結びつけ、小者たちは総出で水を汲み始めた。

「おら、急げ急げ！」

「早くしろ早くしろ早くしろ！」

冷たい水で満たされた樽が、大八車に山と積み上げられる。

重さなどものともせず、裏道伝いに向かった先は奉行所ではない。同じ音羽の護国寺前——夜更けても明るい門前町であった。

まだ大規模な料亭が存在しなかった享保年間の当時でも、市中の盛り場には金回りの良い客に凝った料理を供する店が集まっている。

中町奉行所の小者一行はそういった店々の裏口に廻り、待ちかねていた様子のあるじから懐紙の包みを受け取っては、樽を手際よく運び込んでいく。

（呆《あき》れたもんだねぇ……）

一部始終を見届けた文江は、眉《まゆ》を顰《しか》めずにはいられなかった。

中町の小者どもは良水の密売を働いていたのである。

金と引き替えに渡すからには、毒など入っているはずもないだろう。

十名を超す犠牲者が出たのを理由にして封じられた井戸そのものは、毒に汚染されていたわけではなかったのだ。

水不足の昨今、買い手は幾らでも控えている。

十手《じって》の力を利しての密売とは、つくづく呆れ返った話だった。

四

そして翌日。

ふだんよりも少し早めに登城した大岡忠相は、本丸内の中奥にある小姓たちの用部屋を訪ねた。

朝五つ半（午前九時）過ぎともなれば、吉宗は総触《そうぶれ》のため大奥に渡っている。

田沼意行は専用の小机の前に座し、上役に提出する書類など認《したた》めていた。

歩み入ってきた忠相を、意行は怪訝《けげん》そうに見上げた。

「如何《いかが》されましたか、越前守様？」

「御用繁多のところを相すまぬが、暫時《しばし》よろしいかの」

ふだんの伝法な喋りから一変した、折り目正しい物言いだった。

「されば、こちらへ……」

意行は筆を置き、手文庫を抱えて立ち上がる。

幕閣内においては新参者《しんざんもの》の一人とはいえ、忠相は吉宗が紀州藩主だった頃から格別の信頼を預ける人物である。いつも口うるさい小姓頭取も遠慮をし、二人が入っていった控えの間に付いてこようとはしなかった。

「忙しいとこをすまねぇな、意行さん」

二人きりになって向き合うや、忠相は小声で告げてきた。

「何用にございまするか、お奉行」

突然の訪問に戸惑いながらも、意行は慎ましく問いかける。

「実はな、お前さんとこの兵四郎に、ちょいと力を貸してほしいんだ」

「何と申されます？」

「このところ御城下で井戸が封じられちまったって、町の衆が泣きを見てるのは聞いてるかい」

「もとより承知の上にござる。このままでは遠からず、打ちこわしが起きるやもしれませぬぞ」

答える意行の口調は、どことなく腹立ちを感じさせる声色であった。

十箇所を超える江戸市中の井戸封じは、町民のみならず武士の暮らしにも少なからぬ影響を及ぼしていた。

自家用の水そのものは、たとえ井戸が涸れてしまっても縁故を頼って汲みに出向けば良い。いよいよとなれば川の水を煮沸して凌ぐことも可能だった。

しかし豆腐は言うに及ばず、醤油も酒も水なしでは作れない。喉の渇きを癒《いや》すだけならばまだしも、加工食品を作るのには良質の水が不可欠なのだ。各業者は限られた量の良水を高値で仕入れざるを得ず、そのしわ寄せで物の値段は上がるばかりであった。

水不足を原因とする諸色の値上がりがこのまま続けば、江都に暮らす皆の顎が干上がるのも時間の問題と言えよう。

かかる窮状を打破するべき立場の町奉行が、何故に一介の若党である兵四郎を借りたいなどと言い出したのだろうか。

「ま、ま。そう怖い目をしなさんな」

解せぬ様子の意行を宥《なだ》めるように、忠相は微笑みかける。

「俺が兵四郎さんに頼みてぇのは、井戸封じについてのことさね」

「あれはたしか、能登守様がお預かりの件にございましたな」

「それがな、中町のお奉行は大して関わっちゃいねぇんだ」

「え」

「あの御方も齢《とし》だからなぁ……ここんとこは調べも裁きも、配下の与力と同心に任せっきりなんだよ」

「何と……」

意行は絶句した。

中町奉行の坪内能登守定鑑は正保《しょうほう》三年（一六四六）生まれである。十二年前の宝永《ほうえい》二年（一七〇五）に北町奉行の職に就き、中町へ転じている。すでに齢《よわい》七十を超えている身となれば致し方ないのかもしれないが、深刻な水不足に追い打ちをかける事態を配下任せにしているとは呆れた話であった。

「井戸封じの采配を取ってるのは、定廻の田中って野郎だ」

「して、その者に如何なるお疑いがあるのです？」

「そこんとこなんだがな、意行さん……」

忠相は耳元に口を寄せ、何やら囁《ささや》く。

突然の訪問の用向きは、たしかに兵四郎でなくては為し得ぬ仕事だった。

かくして大岡からの頼みを受けた意行は午後に下城して早々、兵四郎を私室に呼び付けて探索を命じる運びとなった。

「つまりは水を少々、頂戴して参ればよろしいのですね」

「簡単に申すが、大事ないのか？」

「易《やす》きことですよ、殿」

兵四郎は何事もない様子で頷く。今日は登城のお供を朋輩《ほうばい》の多吉に任せ、中川まで煮炊き用の水を汲みに走って戻ってきたところだった。紀州藩上屋敷の井戸が連日混み合うため、早足を利して遠隔の地から調達してきたのである。

水不足の影響の大きさは、兵四郎も重々承知している。

大川東岸でも事態は深刻であり、太丸屋のような大所帯では皆の飲み水を日々賄うために、少なからぬ費用を割いているとのことだった。もとより井戸の水質が良くない深川界隈では、煮炊きや飲料に用いる水は神田上水の余り水を運んでくる行商人から買うのが習慣となっていたが、ふだんは一荷百文なのが何倍にも値上がりしてしまっているという。

とはいえ、末端の商人たちばかり責めても仕様があるまい。品薄なのに乗じて儲けているのは事実だろうが、彼らとて生活の糧を得るためにそうしているだけなのである。真に憎むべきは水不足の現状を利用し、便乗と呼ぶのは生やさしいほどの悪事を働く輩《やから》なのだ。

南町奉行の大岡忠相が頼んできたのは、中町の同心が小者たちに指示して実行させている、良水の密売の背景を探ることだった。

諸方に売り廻っていながら一人の死者も出ていない以上、いま密売に供されている井戸水には毒など混入していないはずだ。

にも関わらず、当初にだけ十余名もの犠牲者が発生したのは一体どういうことなのだろうか。

井戸そのものにからくりがあるとすれば、直に当たってみるより他にない。

「されば、失礼いたしまする」

不安を禁じ得ぬ様子の意行に断りを入れ、兵四郎は辞去した。

向かった先は自室ではなく、夕餉の支度で忙しい台所だった。

「腹でも空いたかい、兵さん？」

牛蒡《ごぼう》の皮を削いでいた手を止めて、菊江が声をかけてくる。美津はと見れば手《て》杵《ぎね》を握り、危なっかしい腰つきで黒米《くろごめ》（玄米）の糠《ぬか》を落としていた。

「煮えばなだけど、ひとつ食べるかい」

皺だらけの手に付いた泥を拭きつつ、菊江はいそいそと竈《へっつい》に歩み寄る。

蓋を取った鉄鍋の中では、醤油の代わりにほんのり塩味で煮立てた里芋が美味そうに湯気を立てていた。

「ありがとう」

箸に差して寄越した芋を囓《かじ》りつつ、兵四郎はさりげない口調で言った。

「それで菊江さん、ちょいと貸してほしいものがあるんだけど……」

かくして、陽が沈む頃。

音羽の田園にやって来た兵四郎は、釣瓶を背負っていた。

若党の装束ではなく、木綿物の着流しの裾をはしょった格好である。木場へ足を運ぶときの装いよりも安価な、ぼろぼろの古着だった。

見張りの前に堂々と姿を現し、井戸水を汲み出そうというのだ。面体こそ盗っ人被りにした手ぬぐいで覆い隠してはいたが、大胆不敵な行動であった。

「だ、誰でぇ！」

井戸の見張りに立っていた二人の小者が、慌てて身構える。

今まで水を汲ませてくれと哀願してくる者は数知れなかったが、御上のご威光に真っ向から逆らい、水を強奪せんとする輩《やから》が現れたのは初めてだった。

「野郎っ」

「う⁉」

振り下ろされた六尺棒をかわしざまに、兵四郎はずんと拳を突き出す。

のけぞる小者を尻目に、残る一人の首筋に手刀を打ち込む。

「ぐ……」

枕を並べて失神した小者たちをそのままに、兵四郎は井戸の蓋を開く。

持参の釣瓶に縄を括《くく》り付け、そろそろと下ろしていく。汲み上げられた水からは異臭ひとつ漂っては来なかった。

釣瓶を小脇に抱え、兵四郎は転がったままの小者たちを爪先で小突く。

「んん……！」

目を覚ました二人は、たちまち喚き声を上げた。

「……て、てめぇ！」

「水は頂戴していくぜぇ」

涼しい顔で一言うそぶき、兵四郎は軽やかに駆け出す。

もとより、追い付かれることはない。

早足で小者たちをぐんぐん引き離し、兵四郎は走り去った。

「なんてぇ野郎だい……」

「あんな韋駄天、見たこともねぇや……」

二人の小者は息を切らして、夕陽の差す畦道《あぜみち》にへたり込む。

汗が染みる目の中に、去り行く若者の姿は豆粒のように小さく映じていた。

宵闇迫る音羽の町を走り抜け、兵四郎は九段を目指して駆けていく。

すでに頬被りは外し、爽やかな笑みを浮かべた顔を表に晒《さら》していた。

傍目《はため》には何処かで水を手に入れ、喜び一杯でわが家へ急ぐ若者としか映ってはいないことだろう。

乾きに堪えかねた様子の人々が羨《うらや》ましげに視線を向けてきたが、兵四郎の走りっぷりを一目見ればとても奪えそうにはないと判るらしく、誰も手を伸ばしては来なかった。

正体こそ判然としないが、この若者に下手に突っかかったり行く手を阻もうとすれば酷い目に遭うのが落ち。そう思わせるほどの俊足ぶりだった。

それでいて、釣瓶の水は一滴たりともこぼしてはいない。忍びの者ならではの体の均衡を見事に保ちながらの走法であった。

わざわざ小者たちを蘇生させたのは、敵の目を眩《くら》ますための策だった。

兵四郎が音羽の井戸を襲った目的は、水を採取することである。真実に猛毒が混じっているのかどうかを確かめるために、この井戸の水が必要と判じたのだ。

昼夜を分かたず井戸に張り付いている小者たちは、どのみち打ち倒さなくてはならない存在だった。

とはいえ、命まで奪ってしまうわけにはいかない。この井戸が毒で汚染されていないのはほぼ確実とはいえ、密売の手先を務めているというだけのことで小者たちを殺してしまうのは寝覚めの悪いことであるし、中町奉行所も総力を挙げて下手人を捕らえに乗り出すことだろう。

騒ぎを大きくしてしまっては、元も子もあるまい。

それに、小者たちを悶絶させた上で少量だけ持ち帰っては、毒の混入に疑問を抱いての探索だとすぐに見抜かれてしまう。さすれば黒幕である中町同心の田中俊英は警戒し、早々に水の密売を中止してしまうことだろう。

事をうやむやにさせぬためには、しばし一味を泳がせておく必要がある。

水に窮した民を装い、釣瓶に一杯盗み去ったとなれば、これは飲み水欲しさの襲撃と一味も思い込むに違いない。そう思わせておけば、追っ手をかけられずに済むはずだった。あちらとしても騒ぎが大きくなるのは避けたいだろうし、二度と襲撃されぬように警戒を強める程度に対処をとどめるに違いない。

兵四郎にはもうひとつ、為すべきことが残っている。

釣瓶の水を田沼屋敷の意行に一旦預け、忍び装束に着替えて向かった先は常盤橋の中町奉行所であった。

夜もすっかり更けた頃、兵四郎は常盤橋から無事に戻ってきた。

辰と奉公人の皆に気付かれぬように塀を乗り越え、足音を忍ばせて屋敷の奥へ入っていく。

「ご苦労だったなぁ、兵四郎」

意行が呼んでおいてくれたらしく、芹之介も顔を見せていた。心なしか痩《や》せている様子なのは、水気が足りていないせいらしかった。

例の釣瓶は、油紙を敷いた畳の上に置かれている。

平然と座している意行と違って、芹之介は先程から釣瓶のほうばかりを、ちらちらと落ち着かなげに見やっていた。

「まだ口を付けてはなりませぬぞ、鴨井様」

「う、うむ」

兵四郎がさりげなく告げるや、芹之介はごくりと生唾を呑み込む。

熱い視線をよそに、兵四郎は自室より持参した素焼きの小瓶を並べていく。

意行と芹之介には何なのか見当も付かない薬液の数々は、水に混入した毒物の存在の有無を突き止めるために、兵四郎が懇意の小川笙船の協力を得て調合した秘薬であった。

兵四郎は続いて空の竹筒を数本取り出し、釣瓶の水を少量ずつ汲み取った。

芹之介が生唾を呑み込む音がひっきりなしに聞こえてくる中、慎重な手付きで薬液をたらしては反応を見ていく。

この水が市中で密売されていながら、不審死を遂げる者があれから出ていないことを兵四郎は知っている。さらに、自分が井戸から汲み出したときにも異臭などはしなかったことも承知していた。

十中八九、安全に違いないと踏まえた上で、念には念を入れているのだ。

最後の竹筒の反応を見終わるや、すっと兵四郎は視線を上げた。

「どうであった？」

「……大事ありませぬ」

「さ、されば、飲んでも構わぬのだな⁉」

「正真正銘の良水にございますれば……」

躙《にじ》り寄ってくる芹之介に、兵四郎は笑顔で応じる。

すかさず、意行が茶碗を持ってきてくれた。

「か、忝《かたじけ》ない」

ごつい指で碗をしっかと握るや、芹之介は釣瓶に手を突っ込む。

夢中になって喉を潤す様を、田沼主従は微笑しながら見守っている。

兵四郎は名医の笙船からの教示に加えて持ち前の秘毒の知識を駆使し、水質を調査して毒物など混入されていないことを見事に確かめたのだ。

さらに、こたびの悪事の動かぬ証拠まで押さえていたのである。

「こちらをご覧くだされ」

と、兵四郎は莚《むしろ》でくるんだ釣瓶を取り出す。

二度目に出て行った後、持ち帰ってきたものだ。使い込まれた釣瓶の内側には乾いてもなお消えぬほどの、禍々《まがまが》しい染みが生じていた。

「これは何じゃ？」

人心地ついた芹之介が問うてくるのに、兵四郎は淡々と答えた。

「中町より失敬して参りました。死人が出た井戸のひとつに、もともと備え付けられし釣瓶にございまする」

「何と……」

飲み干した茶碗を握ったままで啞然《あぜん》とする芹之介をよそに、意行が問うた。

「して、その様は何か？」

「ご覧の通り、木地の芯にまで染み渡っておりまする。恐らくは唐渡りの猛毒であろうかと……」

「されば、死人が口にした毒と申すのはあらかじめ、釣瓶の中に塗り込められておったということなのか」

「は」

意行の指摘に兵四郎は首肯《しゆこう》した。

薬液を以て検証した結果も、紛《まご》う方なきものであった。

毒のせいで水が汚染されたと称しての井戸封じは、まったくの事実無根だったのである。

中町の田中は小者たちを諸方の井戸へ放ち、隙を見て備え付けの釣瓶に速効性の猛毒を仕込ませていたのである。

皆が寝静まった頃合いを狙っての、巧妙な仕掛けだった。

大方の町民は夜の食事を済ませた後は寝るだけであり、井戸端には翌朝に洗顔をしたり歯を磨いたり、米を研ぐ必要が生じるまで出ることはない。しかし中には飲みに出歩いたり博奕《ばくち》や女郎買いに繰り出したりして戻り、喉の渇きを癒そうとして深夜に水を汲む者が、町内に一人や二人は必ずいるものだ。

何も知らずに汲み上げた水を口にして悶死するのを待ち構え、田中らは井戸を封じたのである。この禍々しい釣瓶が、すべてを物語っていた。

「これは田中めが一人で為したることではありませぬ」

毒の染み込んだ釣瓶を遠ざけた後、兵四郎は意行と芹之介に言上した。

「中町の定廻と臨時廻、隠密廻の同心衆が総掛かりで企てし由……御用部屋にて声高に首尾を語り合うているのを、耳《お》にいたしました」

「真実《まこと》か⁉」

意行が信じ難い様子で声を上げた。

たしかに、南北の奉行所より格下とはいえ十手御用を預かる中町の廻方同心が共謀して悪事を働くとは、有り得ぬ話であろう。

いつも沈着冷静な意行をして瞠目させるほど、由々しきことであった。

しかし、言い募《つの》る兵四郎の口調は変わらない。

「老いさらばえし奉行など張り子のぼろ猫、我らが思うが儘《まま》であるなどと広言を吐いておりました」

あくまで淡々と、心の内には烈しい憤りを覚えつつ、摑《つか》んだ事実を報じていたのであった。


そして翌日。

中奥の用部屋に、再び大岡忠相が訪ねてきた。

「されば、こちらへ……」

来訪をあらかじめ承知していた意行は手文庫を抱えて立ち上がり、忠相を隣の控えの間へと誘う。

「で？　首尾はどうだったんだい」

「順を追ってお話し申し上げまする」

急いた様子の相手を落ち着かせ、意行は昨夜の一部始終を語った。

忠相がしばしの間、言葉を失ったのも無理はあるまい。

「……そいつぁ真実《ほんとう》かい？」

ようやく絞り出したのは、半信半疑の問いかけだった。

「は」

言葉少なに、意行は頷き返す。

「ふざけやがって……」

忠相は、童顔を不快そうに歪めずにはいられなかった。

むろん、意行に対して立腹したわけではない。自分と同じく江戸市中の治安を預かる立場の中町奉行が配下の悪行を見逃し、好き放題にさせていたという事実が腹立たしく、情けなくてならないのだ。

「……で、その釣瓶ってのは有るのかい？」

ぎりぎりと歯嚙みしつつ、忠相は意行を見返す。

「兵四郎に持参させておりまする」

答える口調に淀みはない。

忠相には煩悶《はんもん》もあることだろうが、すでに意行の中では答えが出ていた。

中町の悪同心は良水の得られる井戸を幾つも押さえ、独占した水を小者たちに密売させて暴利をむさぼっていた。それは奉行の坪内能登守も与《あずか》り知らぬうちに推し進められていた、許し難き悪事なのである。

表沙汰にはできぬ仕儀となれば、闇に葬るより他にない。もとより、それを為し得るのは自分たち特命集団のみなのだと承知していた。

一刻後。

午前の予定を消化した吉宗は、吹上御庭へ日課の散歩に出向いていた。

相変わらず、照りつける陽射しはきつい限りだった。

御庭の草木も枯れるには至っていないものの、確実に萎《しお》れつつある。御庭番衆の面々が水遣りを欠かさぬように日々努力していても、打ち続く旱には抗しようもない様子であった。

後に従うのは、田沼意行と大岡忠相の二人のみである。意行は忠相の立ち合いの下で、井戸封じの真相を上申しようとしているのだ。

と、その足元に大きな影が差してきた。

「控えよ」

吉宗が反応するよりも早く、意行は鋭く告げる。

無言で平伏したのは白羽兵四郎だった。

捧げ持っているのは、例の釣瓶である。

「これは？」

問うてくる吉宗の口調は落ち着いたものだった。

「釣瓶と見受けるが、甚《はなは》だ奇異なる様だの。何ぞ毒が染みておるようだが……」

「御意《ぎょい》」

乾いた芝の上に伏したまま、兵四郎は言上した。

「罪なき民が十余名、この毒に冒されて絶命いたしましたる次第にございます」

「何……」

思わず茫然とする吉宗に、意行は厳《おごそ》かに告げるのだった。

「それより先は、手前より謹んで申し上げまする」

かくして明かされたのは、吉宗が夢想だにしなかった事態であった。

御庭に風が吹き寄せていた。

すっかり水位が下がって久しい濠にも、さざ波が立っている。

ほんの四半刻（約三十分）ほど前とは、天候が一変しつつある。すべての話を聞き終えた、徳川吉宗その人の胸中を具現化したかの如き空模様だった。

「……天災に乗じた悪事とは、許せぬ」

淡々と告げる横顔に、名状し難い怒りが差している。

「常の通り、ことごとく闇に葬れ」

密命を与える天下人の双眸《そうぼう》に、戸惑いの色は微塵《みじん》もなかった。

五

その日、八月十六日（陽暦九月二十日）の午後――。

空が俄《にわか》に掻き曇るや、江都は大暴風雨に見舞われた。

「やった、やった！」

人々は家屋の倒壊を防ぐのに懸命になりながらも、ついに水不足が解消されると歓喜している。

　とはいえ、いつまでも喜んではいられない。表通りの家々は雨戸を閉じ、裏店《うらだな》住まいの人々は安普請の長屋が倒れぬようにと祈りつつ、雨漏りする天井の下に有り合わせの桶や欠け茶碗を並べていくのに大童《おおわらわ》だった。


　吹き荒れる風と雨を突いて、三人の男が疾走する姿が浮かび上がる。

　揃いの蓑《みの》を着け、笠を被っての出陣だった。

　田沼意行。

　鴨井芹之介。

　白羽兵四郎。

　一党の目的は、悪同心とその仲間を成敗することだ。

　それは水不足に苦しめられた、江都の民に成り代わっての仕置なのである。

　天災に乗じての荒稼ぎ、許すまじ。

　豪雨に煙る常盤橋は、すぐ目の前まで近付いていた。

　町奉行所はどこでも表のみが役向きに充てられており、裏は奉行の居住空間となっている。

中町奉行の坪内能登守は早々に奥へ引っ込み、お抱えの家士たちは突然の暴風雨への対処に奔走していた。

一方で奉行所の与力・同心衆は、非常事態が生じたときに備えて市中の巡視に赴かなくてはならない。自然災害ばかりでなく、荒天に乗じて悪事を働く盗賊の出没も予想されるからだ。内勤の者は待機し、平素より市中見廻りを職務とする外回り組が出張るのである。

「ったく、楽じゃないぜえ」

田中俊英以下の廻方同心と小者たちは連れ立って奉行所の門を潜り、不満たらたらといった様子で常盤橋を渡っていく。

同心たちは着流しの裾をはしょり、番傘を差しただけの軽装だった。風と雨のきつい中でも、洒落者《しゃれもの》めいた装いを崩さないのである。

「どうでぇ、適当なとこで切り上げて岡場所に繰り込まねぇか?」

「そいつぁいいや」

田中の能天気な言い種《ぐさ》に、朋輩の定廻がにたりと笑った。年嵩の臨時廻同心の中にも諫《いさ》める者は誰もおらず、下卑《げび》た笑顔で呼応するばかりであった。

「そんなら話は早《はえ》えや。俺の奢《おご》りで、ぱーっといこうや!」

気前よく言ったとたん、田中は怪訝そうな表情を浮かべた。

前方に――常盤橋の袂に、三人の男が立ちはだかったのだ。

「何者《なにもん》でえ！」

「うぬらが如き外道《げどう》に、名乗るには及ぶまい」

とめどなく水滴が滴る笠の下から、意行は静かな口調で宣した。両脇に立った
芹之介と兵四郎も、鋭い視線を居並ぶ面々に向けている。

「我らは賊徒には非ず。これより振るうは御上に成り代わりて悪を滅する、裁き
の刃と心得よ」

「ほざくんじゃねえっ。町方を何と心得ていやがる！」

「笑止」

番傘を投げ捨てて吠え猛る田中に、意行は毅然《きぜん》と答えた。

「十手御用の威光を利し、私利私欲を満たさんがために無辜《むこ》の民に塗炭《とたん》の苦しみ
を強いた報い、しかと受けてもらおうぞ」

「ふん……」

ずぶ濡れになりながら、田中は鼻で笑い返す。

抜刀した同心たちが前へ走り出てきた。

いずれも田中の片棒を担ぎ、庶民を苦しめてきた外道共だ。

観念して投降したならばまだしも、こうして凶刃を向けてきたからには情けを掛けるには及ぶまい。

凛《りん》とした瞳を前に向けたまま、意行は言った。

「参るぞ、兵四郎」

「はっ！」

阿吽《あうん》の呼吸で頷き合うや、一斉に飛び出す。

斬りかかってきた同心が二人、血煙を上げて倒れ伏す。

意行と兵四郎が同時に振るった、抜き打ちの袈裟《けさ》斬りを浴びたのだ。

その太刀筋は酷似していた。

いずれも右手一本で刀を打ち振るう、片手打の技が冴え渡っている。

それもそのはずだろう。兵四郎に剣の手ほどきをしたのは、育ての親でもある田沼意行自身なのだ。見事な連携ぶりを示しているのも当然であった。

「ヤッ!!」

同時に気合いを発し、斬撃《ざんげき》を放つ。

意行と兵四郎の、迅速にして力強い打ち込みに抗しきれず、同心たちは次々に斬り伏せられていった。

濡れた着衣の上から致命傷を、それも判で押したように一太刀ずつで倒し得るとは、驚くべき手の内の冴えと言えよう。

振るった刃が敵の体を捉えた瞬間に最大の遠心力を加えるべく、小指と薬指を遅滞なく締め込んでいればこそ可能なことであった。

一方の芹之介も負けてはいない。

殺到する鉤縄《かぎなわ》を、矢継ぎ早に切り払っていく。

いかに巨漢の芹之介といえども、ひとたび搦《から》め取られてしまえば泥にまみれた路上を引きずり回されるのが落ちである。

速やかに飛び道具を封じ、反撃に転じなくてはなるまい。

「わっ、わっ」

恐怖しながらも小者たちは十手を抜き放ち、数に任せて襲いかかった。

応じて、芹之介の大太刀が続けざまに唸った。

奉行所の中から加勢が出てくる前に殲滅《せんめつ》してしまわなくてはならない。

闇に葬り去るべき対象は、井戸封じを働いた者共だけである。

悪事に関与していない与力や同心衆とまで刃を交え、無下に斬ってしまうわけにはいかないのだ。

助けを呼びに走らせまいと、三人は速やかに斬って廻る。

剣戟《けんげき》の響きが、そして断末魔の悲鳴が交互に上がる。

いずれも豪雨と大風の音に掻き消され、奉行所内にまで届きはしない。

「野郎!!」

悪同心の田中が怒号を上げた。

抜いた刀を八双に取り、じりじりと意行に向かってくる。

「……………」

凜と見返しつつ、意行は静かに納刀する。

刹那、おもむろに鯉口が切られた。

後《ご》の先《せん》——敵より後に刀を抜き、先に刃を届かせるためには工夫が要《い》る。

意行は柄を握った右手だけでなく、鯉口をくるむようにしている左手を存分に引き絞っていた。

こうして鞘を大きく引くことにより、速さだけでなく刀勢も増すのである。

「む！」

目の前ぎりぎりにかすめていく刃を、田中は飛び退って避ける。

しかし、続く二の太刀を防ぐことまでは叶わなかった。

足元がよろけたところに、唸りを上げて刃が迫り来る。

「うおっ!?」

次の瞬間にはもう、田中は真っ向を深々と断ち割られてしまっていた。

沈着冷静に繰り出した裁きの刃の前に、悪の首魁《しゅかい》は滅されたのだ。

芹之介と兵四郎も後れを取りはしない。

大太刀が唸りを上げ、馬針が飛ぶ。

最後の同心が血煙を上げて倒れ伏すのを見届け、三人は踵《きびす》を返す。

死屍累々の常盤橋に流れた血も、降りしきる雨にたちまち流されていった。


これより二年後の享保四年（一七一九）、中町奉行所は廃止された。

極秘裏に処理された井戸封じの一件が、江戸市中の治安維持に腐心した吉宗をして中町の廃止に踏み切らせた起因になったのか否かは定かでない。

ちなみに、最後の中町奉行を務めた坪内能登守定鑑は享保七年（一七二二）に没している。享年七十七歳であった。

六

まったく勢いが衰えることなく、八月十六日の雨は降り続いていた。

強風に笠は飛ばされ、蓑の前を合わせていても煽られるばかりだ。

三人は濡れ鼠になりながら、田沼屋敷への戻り路《じ》を辿ってゆく。

九段の坂を登り切った頃には、血の臭いも洗い流されていることだろう。

「まさに天の恵みだのう」

「うむ……」

微笑む芹之介に、意行は深々と頷き返す。

殿に付いた兵四郎も、大きな瞳を力強く輝かせていた。

天災を利用しての、許し難い悪行をもはや二度と繰り返させるまい。

悪と戦う使命を帯びた三人の漢《おとこ》たちは、そう胸の内で誓っていたのであった。

第四章　撃破！　旋風脚

一

台風一過の九月、穏やかな秋晴れの日が続いていた。

陽暦で十月となれば、いよいよ実りの時期である。

先の旱《ひでり》続きのしわ寄せで米の収穫は芳《かんば》しくなかったが、水不足に強い芋や根菜の類はしっかりと育っている。

懸念された打ちこわし騒ぎも出来《しゅったい》するには至らず、江都は平和だった。

九月九日（陽暦十月十三日）——重陽《ちょうよう》の節句の夜。

城中で諸大名が将軍に拝謁《はいえつ》する儀式も滞りなく済み、帰宅した田沼意行は久方ぶりに夫婦水入らずの夕餉《ゆうげ》を楽しんでいた。

「お待たせをいたしました」

田沼意行と辰が仲良く座ったのを見届け、菊江はお膳を捧げる。

武家でも商家でも、主人一家は奥の間で食事を摂《と》るのが習わしである。奉公人は同席を遠慮し、給仕の者だけが付くのが常とされていた。

後世ならば格式張っていて怪しからぬと非難する向きもあろうが、二人きりになれる機会が少ない夫婦にとって、水入らずで過ごせる時間は貴重だった。

まして、田沼意行は人の倍も働く立場なのである。

将軍の傍近くに仕える小姓としての務めに加えて、愛妻の辰さえ与《あずか》り知らない吉宗からの密命を遂行するために、あるじの意行が不在にすることが多い田沼家では夫婦揃って食事ができる折は滅多にない。

女中頭の菊江は、その重要性を十分に心得ていた。

辰が独りで食事をするときは武家勤めの女中としての勉強を兼ね、若い美津に給仕を任せるのが常であったが、夫婦が仲良く箸を取る折は献立を考えるところから給仕までを一手に引き受ける。

「さぁさ、たんと召し上がってくださいまし」

用意された食膳には旬の馳走が並んでいた。

焼物は塩鯛。煮物は鴨肉と大根の炊き合わせ。そして椀物はもやしと舞茸《まいたけ》を具にして、煮えばなに漉《こ》し入れた赤味噌で風味も豊かに仕立ててある。

長寿を願って菊の花を浸した、菊酒も欠かせない。

さらに一品、夫婦の膳には珍しい小鉢が添えられている。

「まぁ可愛い」

辰が幼女のように顔を綻《ほころ》ばせる。

ほかほかと湯気を上げていたのは、慈姑《くわい》の素揚げだった。

小指の先ほどの塊茎《かいけい》から芽が伸びている、愛らしい姿もそのままに良質の菜種油で揚げたものである。

慈姑は水生の多年草で、里芋に似た塊茎が食用とされる。冬から正月にかけて旬を迎え、まるい塊茎から芽の出た姿が「めでたい」縁起物として、新年などの祝いの膳には欠かせぬものだった。

(有難きものだの)

思わず、意行は笑みを誘われる。

もとより辰も菊江も知る由もないことだが、多忙な小姓の務めの裏で密命を帯びて行動し、いつも気の休まる閑《ひま》がない彼にとって、こういった縁起物はささやかなものであっても喜ばしい。

菊江にしてみれば主人夫婦が久しぶりに揃ったのを祝って用意しただけのことなのだろうが、暗闘に駆り立てられる日々が続く中で得られた束の間の休息の一時に、意行は心から満足感を覚えていた。

何にも増して嬉しいのは、多忙極まる折には碌《ろく》に言葉を交わすこともままならない愛妻の笑顔を、とくと眺めていられることである。

「早生《わせ》にございますれば、あくが少ぅし強うございますが……」

「子どもの頃から大好きなんですよ。ありがとう、菊江さん」

辰は嬉しそうに微笑んだ。

とても三十路《みそじ》近いとは思えぬ、初々しい若妻の雰囲気である。

そんな彼女のことを、行かず後家の菊江は妬《ねた》みも蔑《さげす》みもしていない。

ただ、悪戯《いたずら》っぽくからからのだけは毎度のことだった。

「でもねぇ奥様、慈姑は程々になすったほうがよろしゅうございますよ」

「なぜです?」

きょとんとした辰は、訳が分からぬ様子でいる。

「尼寺の庵主《あんじゅ》様とか、煩悩を押さえていらっしゃらないといけない方々が好んで召し上がるそうなんですよ。だけど殿様と奥方様は……ねぇ？」

「これこれ菊江、埒《らち》もないことを申すでない」

相変わらず首を傾《かし》げている辰をよそに、意行が苦笑を浮かべた。

田沼夫婦には子どもがいない。

相思相愛の間柄でありながら、未だ子宝に恵まれていないのだ。

奉公人たちは皆、和子《わこ》の誕生を待ち望んでいた。

武家では家名を存続するために後継ぎが必要であり、いつまでも子なしのままでは主家《しゅか》の将来が危ぶまれる。

祝言を挙げてからすでに十年が過ぎている意行と辰の間に子どもがいないことを菊江たちが案じるのも当然だろうが、一番の理由は、敬愛する田沼夫婦に人の親としての幸せを知ってもらいたいからなのである。

武家であれ商家であれ、奉公人は勝手に所帯を持つことができない。長いこと奉公暮らしを続けているうちに婚期を逸してしまうのは男女を問わず、ままあることであった。

菊江は分を弁《わきま》えている。

もはや自分の子を抱くことが叶わぬ身ならば、せめて主人夫婦の和子のお世話を一日も早く、させてもらいたい。そんな想いを抱いていたのだった。

「それじゃ、ごゆっくり」

恭《うやうや》しく一礼し、菊江は奥の間を後にする。

台所と続きになっている板の間では田沼家の奉公人一同が箱膳を並べ、秋の味わいを堪能しているところだった。

急に冷え込んできたせいか、美津は風邪を引いて休んでいる。菊江は早めに粥を炊いておき、梅干しを添えて女中部屋に運んであった。

弥八と多吉、そして兵四郎の男三人は、黙々と箸を動かしていた。

「菊江さん、お代わり」

お櫃《ひつ》の前に座ったとたん、兵四郎が茶碗を差し出す。

「ほんとに兵さんは食べっぷりがいいねぇ」

麦粒ひとつ残していない碗の中を見るなり、菊江は嬉しげに目を細めた。

作法に照らせば一口ぶん残しておくのが良いのだろうが、気の置けない奉公人同士の食事の場では行儀など誰も気にはしない。

「ほら、たんとお食べ」

菊江は麦まじりの飯を山盛りにして、兵四郎に渡してやる。

いつも息子とも想って可愛がっている若者の給仕をするのに、もとより嫌がるはずもない。

たしかに兵四郎が旺盛な食欲を発揮している様《さま》は、周りから見ていても気持ちがいいものだった。

菜《さい》（おかず）は、主人夫婦に供した煮物と味噌汁の余りである。兵四郎は熱々の大根を箸の先で少しずつ取っては飯に載せ、口へ運んでいる。こうすると大根の出汁《だし》が飯に程よく染み入り、こたえられない旨さなのだ。

煮物の鴨肉はかけらしか入っておらず、鯛は年嵩《としかさ》の弥八のお膳にのみ、それも小ぶりの一尾だけであったが、誰も文句など言うはずもなかった。

「さぁ兵の字、こいつも食いねぇ」

山盛りの飯が半分ほどになった頃、弥八が塩鯛の皿を差し出した。

「いいのかい？」

鯛の塩焼きは、半身がそっくり取り分けてある。祖父が孫に分けてやるときのように、弥八は小骨まで箸先で除いてくれていた。

「お前さんは下戸《げこ》だからなぁ、呑まねぇぶんだけ、しっかり喰らうこった」

「あ、ありがとう」

恐縮しながらも、兵四郎は笑顔で皿を受け取る。

「俺ぁ幾らでもいける口だぜぇ、とっつぁん」

一方の多吉は飯を一碗きりで済ませ、大根を肴《さかな》にして菊酒を傾けていた。

菊酒といっても意行と辰に供したような漆塗りの酒器入りの諸白《もろはく》（清酒）ではなく、片口《かたくち》に満たした安物の中汲《なかぐみ》（濁酒）に菊の花を放り込んだだけのものなのだが、飲み助の多吉はすっかり御満悦だった。

「お前さんは蟒《うわばみ》だからなぁ。ったく、意地汚なくっていけねぇな……」

ぼやきながらも、弥八は自分の片口から気前よく注ぎ分けてやる。

（いいもんだなぁ）

心尽くしの飯と鯛を味わいながら、兵四郎は幸福感を覚えていた。

何気ないやり取りのひとつひとつが、心地良くて堪《たま》らない。

明日は命を落とすかもしれぬ身の上だけに、一碗の冷めた麦飯でもこの上なく貴重に感じられるのだ。

密命を帯びて行動する日々が続くときには探索先の暗がりで独り、忍びの者の携帯食糧である兵粮丸《ひょうろうがん》などを摘《つま》んで済ませるばかりであった。

斯様《かよう》な折には当然の行動であり、寂しいとも何とも思いはしない。

だが、人が食事をするというのは本来、こうやって親しい者たちと寛《くつろ》ぎながら箸を動かすことなのだろう。

貧富の別を問わない、当たり前の日々の営みが、忍びの者にとっては格別の幸せなのだ。

兵四郎は夕餉を味わいながら、心からの充足感を噛み締めていた。

二

その夜、田沼屋敷の人々が安らかな眠りに就いた頃――。

大川東岸の治安を預かる本所《ほんじょ》奉行所には、予期せぬ異変が生じていた。

「い、一大事にございます!!」

慌てふためいて巡視の航行から漕ぎ戻ってきた同心が、日の本の近海に現れるはずもない異形の船を洲崎沖で目撃したと報じたのだ。

本所奉行所では千石以上の旗本が二人制で奉行職を務めており、配下の与力と同心衆は鯨船《くじらぶね》と呼ばれる専用の快速船で沿岸の警戒に当たるのを常とする。

「もしや、異国の抜け荷船ではありますまいか……」

「馬鹿を申すでないっ」

狼狽《ろうばい》する同心を、当直の与力は叱りつける。

房州《ぼうしゅう》から酒や塩を密かに運び込む、小規模な抜け荷ならば珍しくもない。

しかし、異国船が現れたというのは前代未聞だった。

紅毛《こうもう》の帆船とは明らかに異なる一枚帆で、帆柱のてっぺんから吊り下げるようにして張られていたという。

形状としては、戎克――ジャンクと呼ばれる唐《から》の船に似ている。

有り得ぬ話ではあったが、このまま看過するわけにもいくまい。

奉行の小笠原《おがさわら》外記《げき》も大久保《おおくぼ》伊左衛門《いざえもん》も、とっくに就寝してしまっている。

本当に異国船が出現し、砲撃など仕掛けてきたとなれば叩き起こしてでも報告に及ぶべきだろうが、未だ不確かな情報となれば現場の最高責任者である与力がまず出張《でば》り、事の真偽を確かめるのが妥当だった。

「儂《わし》が直々に見て参るっ！　おぬしらは今一度、船を出して巡回せえ!!」

架けてあった捕物用の長《なが》十手を引っ摑《つか》むや、与力は力強く下知《げち》した。

本来ならば配下を引き連れ、自らも完全武装で出動すべきところであったが今は取るものもとりあえず、配下たちの動揺を鎮めるためにも急ぎ赴くのが先決と心得ていた。

洲崎は木場の先に位置する海岸線沿いに広がる地で、弁財天社《べんざいてんやしろ》の他には民家もほとんど見当たりはしない。

江都有数の料亭として名を馳せた『升屋《ますや》』が開店するのは、これから五十余年後の安永《あんえい》年間（一七七二〜八一）のことであり、明治の世に至って本郷から移転してきた遊廓も、まだ当然ながら影も形もなかった。

享保二年現在は茫々《ぼうぼう》たる野原が広がるばかりで、ひとたび日が暮れて弁財天社に参拝する者が絶えれば無人と化す、深川の果てと言われる地であった。

馬を駆った与力の姿が見えてきた。黒塗りの陣笠を被り、大小の二刀に添えて長十手を左腰に差している。

単騎《たんき》で砂浜を疾駆《しっく》する黒鹿毛《くろかげ》が、不意にいなないた。

闇の向こうから矢が殺到し、駆ける脚元に続けざまに突き立ったのだ。

「どう！　どうー！」

慌てて手綱を引き絞り、胴を締めて、与力は懸命に鎮めようとする。それでも恐怖に見舞われた馬を抑えるのは無理であった。

「うわっ」

あるじを砂浜に放り出し、黒鹿毛は走り去っていく。

与力は辛うじて起き上がった。

下が砂浜でなかったら手酷《てひど》い目に遭《あ》っていたに違いないが、取り立てて怪我は負っていない。陣笠のおかげで頭も打ちはしなかった。

だが、後に続いた悪夢のような光景を思えば、落馬したまま死していたほうが良かったのかもしれない。

「な、何奴⁉」

矢を射掛けてきた曲者の一団が、大挙して襲いかかってきたのだ。

いつの間に漕ぎ寄せ、沿岸へ船で出動させた配下たちの裏をかいて上陸を果たしていたのだろうか——。

混乱しながらも、与力は懸命に長十手を抜き放つ。

そのとたん、闇をつんざいて鋭い金属音が上がった。

「な……」

与力は信じ難い表情を浮かべていた。

鍛鉄製の棒身が、飴でも折ったかの如くに両断されてしまったのである。

かかる荒業を為したのは、与力がこれまで一度として目の当たりにしたことのない、異形の刀剣だった。

彎曲《わんきょく》した刀身が月明かりの下に浮かび上がる。

片刃式の刃長そのものは与力が差している定寸刀とさほど変わらない。だが柳の葉を思わせる刀身は肉厚で、日の本の刀の倍以上にも及ぶ分厚さだった。

敵は一人ではなかった。

幾十人もの屈強な男が居並び、こちらに刃を向けている。

月明かりに浮かび上がった男たちは揃って頭を剃り、後頭部だけ伸ばした髪を編んで垂らしている。海の向こうの清《しん》国に独特の、辮髪《べんぱつ》と呼ばれる習俗だ。

中央に仁王立ちとなり、こちらを楽しげな表情で見やっている六尺豊かな巨漢一人を除いては、身の丈は与力とさほど変わらない。

しかし、どの者も能《よ》く鍛えられている。

陽が落ちれば冷え込む時期というのに、身に着けているのは洗い晒《ざら》した木綿の胴衣《どうい》と下穿《したば》きのみである。

いずれの者も胴衣の襟元を大きくはだけて、赤銅《しゃくどう》色に日焼けした分厚い胸板を剝《む》き出しにしていた。

「むむ……」

与力は呻《うめ》いた。

敵の素性と頭数に気圧《けお》されただけではない。

頑丈な長十手をも一撃で両断する得物《えもの》を前にして、もはや勝ち目は万に一つもないと悟っていたのだ。

とはいえ、何もせずに嬲《なぶ》り殺されては甲斐もない。

柄《え》だけにされてしまった十手を放り捨てるや、与力は刀の鯉口を切る。

「殺！」

頭目と思《おぼ》しき男が下知したのは、ほんの一声だった。

応じて、配下たちが飛び出していく。

次々に振り下ろされたのは柳葉刀《りゅうようとう》であった。

後世に青竜《せいりゅう》（青龍）刀の呼称で広く知られるようになった、唐土《もろこし》（中国）古来の短兵——片手持ち武器の一種である。

身幅が広いだけに重さも相当なものと見受けられたが、辮髪の男たちは異形の刀を軽々と、まるで体の一部であるかのように楽々と振り回している。

斬りかかるだけではない。

軽々と宙に跳び上がり、苛烈《かれつ》な蹴りを浴びせながら刃を打ち込んでくるのだ。

たちまち刀も砕き折られ、哀れな与力は敵刃を受け流すこともできなかった。

「うう……」

鉈《なた》を振るうが如く荒っぽい斬撃《ざんげき》で散々に苛《さいな》まれ、全身の骨を砕かれて断末魔の呻きを上げる与力に向かって一際重たい刃が迫り来る。

悠然と進み出た、頭目の柳葉刀であった。

無造作に振り抜いたようでいて、その手の内は与力の長十手を両断したときと同様に正確無比なものだった。

どさりと首が落ちる音がしたのに続いて、胴がくたくたと崩れ落ちていく。

頭目の表情に変化はない。

痙攣《けいれん》する首なしの亡骸《なきがら》を、そして刀身の両側面に掻かれた血槽――血流しの溝を伝って夥《おびただ》しい量の鮮血と脂が滴り落ちていく様を、嗜虐《しぎやく》の笑みに満ちた顔で見やっているばかりであった。

と、そこに砂を踏んで歩み寄ってくる足音が聞こえてきた。

夜の闇に包まれた洲崎の砂浜に立っていたのは誰あろう、新井筑後守白石その人だった。

乗物も用いずに、この場へ単身で罷《まか》り越したのだ。

「江戸に入りて早々に……自重してもらわねば困るの、剣尚殿《けんしょうどの》」

白い口髭を震わせ、白石は不快げに表情を歪ませる。姿を見られたがための口封じとはいえ、残虐に過ぎるやり方に嫌悪の念を滲ませていたのである。

「対不起（すみません）」

血脂を振り落としながら、頭目は一声返す。

謝ってくれてはいるのだろうが、ふてぶてしいこと極まりない声色だった。

「とまれ、大儀であった」

白石の労《ねぎら》いに、男たちはめいめいに黙って頷き返した。

この者たちは去る五月十九日（陽暦六月二十七日）に長州《ちょうしゅう》・小倉《こくら》両藩によって撃退された、清国の密貿易一味である。

正規の――と言っても清の王朝は朝貢《ちょうこう》の他には対外貿易を禁じていたため、あくまで私《わたくし》貿易ではあるのだが、幕府と清国の貿易額は一頃よりも激減している。そこで近年になって活性化し始めたのが密貿易一味なのだ。

一度や二度の痛手を負わされたところで、美味しい稼ぎ場の日本をやすやすと諦めるものではない。かくして再び日本にやって来た一味と、新井白石は連絡を取っていたのだ。

かつて幕府の政治顧問として対外貿易にも関与していた白石は、正規の貿易商人として長崎に駐留する唐人たちに手蔓《てづる》がある。

彼らにしてみれば、たとえ密貿易者でも同じ国の人間に変わりはない。

それに同胞意識云々以前に、操船《そうせん》と武術に長けた一味は正規の商人にとっても有益な存在だった。白石はそんな関係を承知の上で密かに文を書き送り、大枚の金を積んで周旋《しゅうせん》（紹介）してもらったのである。

先発して単身で密入国した頭目は最初に白石と接触したとき、龍《りゅう》剣尚と名乗ったきりで多くを語ろうとはしなかった。

ただ、然るべき報酬が得られるのか否かだけを確認してきたのみである。

もとより、白石とて興味はない。

腕が立つのか否か、それさえ判じることができれば十分だった。

そして剣尚は荒々しいやり口とはいえ、水際立った技倆の持ち主だという事実を証明してみせたのだ。

刺客として差し向けるのに申し分のない、手練《てだれ》と言えよう。

八代将軍の吉宗こそ諸悪の根源。あの者さえ亡き者にすれば、正規の商人にも密貿易一味にも利権が戻ってくるであろう。

そう吹き込んで白石は清国人たちを懐柔し、こうして迎えるに至ったのだ。

むろん、剣尚率いる一味のためには、しかるべき報酬も用意してあった。

「前渡しに用意した棹銅《さお》、そちらの船に届いておるな？」

「多謝（ありがとうございます）」

海の向こうでは高値で取引される良質の日本銅を二千貫、白石は沖に停泊している一味のジャンクにあらかじめ運ばせてあった。

貨幣価値に換算して二百万文、およそ五百両にも相当する。商売に長けた彼らならば、この銅を売り捌いて更なる利を得ることも容易《たやす》いであろう。

それにしても、とても白石が個人で賄える額ではない。

長崎の唐人屋敷に託した裏金、そして五百両相当の銅は、すべて尾張藩の徳川宗春が用立ててくれたものだった。

用立ててくれた、というのは語弊があろう。

宗春の目的は、白石を後押しすることなどではない。

あの若者はいずれ兄の継友に成り代わって尾張藩主の座に就き、余勢を駆って将軍職までも我が物にするべく、虎視眈々《こしたんたん》と機会を窺っている野心家なのだ。

日の本の政《まつりごと》を善くしようなどと、宗春は最初から考えてもいるまい。

かつて幕府の政治顧問として正徳新例《しょうとくしんれい》で対外貿易を制限し、日の本から貴重な金銀が流出するのを阻止することに全力を挙げていた白石が、心ならずも密貿易一味の機嫌を取っている苦悩など、もとより察してくれるはずもなかった。

「白石先生？」

「……いや、大事ない」

剣尚の言葉に平静を取り戻し、白石は暗殺計画の子細を説明した。

「やれるな？」

「おまかせください」

親愛の情を示すつもりなのか、剣尚は日本語で答えた。

「されば重畳《ちょうじょう》……」

気を取り直した様子で、白石は微笑む。

絶好の好機と目したのは、来る九月十五日（陽暦十月十九日）である。

九月を迎えると、江戸市中の各所で秋祭りが相次いで催される。

とりわけ十五日の神田明神祭《みょうじんさい》は江都有数の大祭であり、毎年六月十五日の山《さん》王権現祭《のうごんげんさい》と共に「天下祭《てんかまつり》」と呼ばれている。山車《だし》が御城の曲輪《くるわ》内を通過することが許されており、将軍の上覧に供される。

身なりを変え、祭りの賑わいに紛れて城中に潜り込みさえすれば、万に一つも仕損じることはあるまい。

まして龍剣尚と配下の者たちは、日の本の刀をも圧倒して余りある剣の遣い手揃いなのだ。

如何《いか》に御庭番衆の腕が立とうとも、大太刀の破壊力と小太刀の旋回性能を併せ備えた柳葉刀には適《かな》うはずもないだろう。

「されば、後はおぬしらが身を隠す場所だのう」

「だいじょうぶ。いくところ、あります」

剣尚は余裕の表情を浮かべていた。

口調こそたどたどしいが、自信たっぷりである。

「大事ないのか」

白石が案じたのも無理はあるまい。

異国人を、それも素性の後ろ暗い者ばかりを二十余名も匿《かくま》ってくれるような物好きなどいるはずもない。いかに白石でも、己が屋敷に連れ帰るというわけにはいかなかった。

しかし、剣尚は悠然と構えたままである。

「えにしをむすんだもの、けっしてうらぎらない」

「縁？」

怪訝《けげん》そうに問い返す白石の前に、剣尚は控えていた若者を差し出した。

「わたしの、むすこです」

「息子とな」

驚く白石に、若者は無言で頷いて見せた。

齢は、まだ二十歳前であろう。

陽に焼けた剽悍《ひょうかん》な様は居並ぶ男たちにも劣らないが、どこからどう見ても日の本の民そのものである。

なぜ、剣尚の息子だと言えるのだろうか。

「母語説話也不介意（母国語で話をしても構いませんか）」

微笑しながら、剣尚は言葉を改めた。

「好（よかろう）」

かつて政治顧問として長崎にたびたび赴いた折の感覚を思い出しつつ、白石は耳を傾ける。

「這個人是我的繼子（この者は私の養子なのです）」

「繼子？（養子）」

「十六年前、搶救了在海沉溺地方（今を去ること十六年前、海で溺れかけていたところを助けました）」

「是因此領去、培育的（それで引き取り、育て上げたのか）」

「是、是那個那様（仰せの通りにございます）」

そこまで明かしてもらえれば、合点も行く。

漂流であれ国抜け（亡命）であれ、船を漕ぎ出したまま海の藻屑《もくず》となる者は数知れない。どのような経緯なのかまでは判然としないが、この若者が難破した末に救われて剣尚に育てられた者であることは得心できた。

「して、この者に道案内をさせると申すのか？」

「是（はい）」

若者の名は虎太《とらた》というらしい。荒海から救い上げたとき、産着《うぶぎ》の襟に縫い込まれていたお守り袋に書き付けが入っていたとのことだった。

驚くことに、生まれ故郷はこの洲崎だという。

一味は江戸城下に近いからとの理由だけで、この浜に上陸したのではない。

虎太を送り届けたと称して信用させ、吉宗暗殺を決行する当日まで身を潜めるつもりなのだ。

（もしも不審と見なされれば、即座に皆殺しにするのであろうな……）

何のためらいもなく本所奉行所の与力を惨殺したことを思えば、そのぐらいの真似はやすやすとやってのけるはずだった。

しかし、虎太という若者は平然としている。

義父の剣尚の傍《かたわ》らに立ち、日焼けした顔を昂然《こうぜん》と上げたまま、怖い者知らずな笑みを浮かべているのみであった。

三

そして翌朝。

木場の太丸屋を、物々しく武装した同心と捕方の一隊が急襲した。

本所奉行所の面々である。

「瀬戸の新次、神妙にせえ！」

新次たち愚連隊は兵四郎の口添えにより、今月から太丸屋お抱えの川並見習いとして働き始めていた。そこに降って湧いたのが、洲崎での与力殺しだったたのだ。

「うぬが先だって前島様《まえじま》に無礼を働きしこと、我らが存ぜぬと思うたかっ〜」

前島とは、洲崎の浜で惨殺された与力のことである。

本所奉行所はあろうことか、新次を下手人と疑って捕らえに来たのだ。

「し、知らねぇよ！」

これから皆で掘割へ向かおうとしていたところを取り押さえられ、新次は懸命に言い募《つの》った。

「あんときは俺《おい》らがやってもいねぇ巾着《きんちゃく》切りをしでかしたって難癖を付けてきたから、軽く撫《な》でて差し上げてお帰り願っただけのことじゃねぇか！　う、嘘じゃねぇよぉ!!」

力士じみた大男の新次が「撫でた」といっても張り手ぐらいは喰らわせたのであろうが、それにしても命に別状があるほどの無茶をするはずはない。あの与力が目立つ怪我など負っていなかったのが証拠だった。

何よりも、兄貴分と慕う兵四郎に更生を誓って木場に居着いた新次が巾着切りはむろんのこと、与力殺しの大罪を働いたと疑うほうがどうかしている。もしも軽はずみな真似をすれば紹介者の兵四郎だけでなく、雇い主の太丸屋にも多大な迷惑をかけることになるのを知らぬほど新次は愚かではないのだ。

しかし、怒り狂った若い同心は聞く耳など持ち合わせていなかった。

「引っ立てい！」

捕縄でがんじがらめに縛り上げた新次を、捕方たちは大挙して引きずるように連行していく。

太丸屋の人々は別の同心に制止され、助けに駆け寄ることもできない。

「やめて！　やめてくださいっ」

捕方に抑えられながらも、お初は声を限りに叫ぶ。

堪らず制止を振り切ったのは、新次の弟分の井太郎だった。

「お、俺の親分を返しやがれい！」

「邪魔をするな、下郎!!」

同心の十手に一撃され、井太郎は吹っ飛ぶ。他の愚連隊連中も食ってかかっていこうとしたが、六尺棒を手にした小者たちに阻まれて動けずにいた。

「くそっ……」

割れた額から血を滴らせつつ、井太郎は悔しげに呻く。

と、顎のしゃくれた若者の顔に歓喜の色が差した。

白羽兵四郎が駆け付けて来たのだ。

「兵四郎様!!」

ほっとした様子で、お初も吐息を漏らす。

着流しの裾をはためかせ、兵四郎は同心の前に立ちはだかる。

「うぬ、何者かっ」

「こいつの朋友《だち》だよ。無茶な言いがかりは止してくんねぇか」

鯔背《いなせ》な装いに合わせた、伝法な口調であった。

「ぶ、無礼な……」

若い同心は怒りに形相を歪め、ぶんと十手を振り上げる。

そのとき、不意に割り込む声が聞こえてきた。

「いけねぇなあ、仮にも十手を預かる者《もん》が、往来で無闇に騒ぐもんじゃねえよ」

貫禄に満ちた声で告げながら、声の主は悠然と深編笠を脱ぐ。

朝日の下に現れたのは福々しい、大岡越前守忠相の顔だった。

「え、越前守様!?」

「お前さんとこの奉行殿には、いま話を付けてきたよ。後のことは南町に任せてくんねぇか」

「ご、ご無体でありましょう」

伝法な口調に圧倒されながらも、若い同心は引き下がろうとしない。

「しょうがねぇな」

溜め息を吐きつつ、忠相は続けて言った。

「誰が見たって、こんどの殺しは一筋縄じゃねぇってことさね。今し方、亡骸《おろく》も見させてもらってきたから言えるんだが、そのあたりの若いもんがとさかに血が上った勢いでやらかせるような真似じゃねぇやな」

「む……」

「それによ、あんな非道《ひで》えことができる奴かどうかは見れば判るってもんだろうが？　この新次ってお兄《あに》いさんは顔《つら》ぁ少々まずいがな、狂い虎みてぇなことをするようにはとても見えねぇよ」

「されど！」

それでも同心は新次を離そうとしない。

縄尻をしっかと握ったままで、忠相に挑むようにして言い放つ。

「そも、我らにとっては前島様の弔い合戦なのですぞ！　疑わしきを捕らえるに何の遠慮が要《い》りましょうや!?」

「何だと……」

そのとたん、忠相は態度を一変させた。

「馬鹿を言うんじゃねぇやい、若造っ！　堅気になった証しに抗《あらが》いもしねぇ奴を無理無体に引っ括《くく》るたぁ、どういう料簡だい⁉　こいつが無実なら言い訳なんぞできやしねぇぞ‼」

福々しい童顔に怒りが漲《みなぎ》り、鬼面の如くに変じていた。

「お前も十手御用を承る者の端くれなら、よっく聞きな」

地の底から湧き上がるような、低く圧しの強い声で忠相は説き聞かせる。

「そもそもよぉ、これから性根を入れ替えて働こうって殊勝な者が、役人を殺《ばら》すような真似をするはずがあるめぇ。違うかい？」

「……」

青ざめた同心を初め、逆らい得る者は誰もいなかった。

如何にお忍びとはいえ、町奉行が御自ら現場に足を運んでくることなど滅多にありはしない。ともあれ名奉行の大岡忠相が請け合った以上、もはや新次が連行される恐れはなかった。

あるじの仁兵衛は感謝することしきりであった。

「ありがとうございます、お奉行様……」

「とんだ災難だったな。気を取り直して、しっかり面倒を看てやってくんな」

涙ぐむ仁兵衛のごつい肩をぽんと叩き、忠相は意気揚々と去っていく。

その背に向かって、店の一同も深々と頭を下げるのだった。

「あれ……」

手ぬぐいで血止めをした井太郎が、きょろきょろと周囲を見回す。

「どうしたの？」

「兵四郎がいませんぜ、お嬢さん」

「え」

つい今し方まで、傷付いた新次の介抱をしてくれていたはずである。

いつの間に姿を消したのか、誰も気付いてはいなかった。

半刻（一時間）後、兵四郎の姿は江戸城内の吹上御庭に見出された。

傍らに控えているのは御庭番衆の頭領、藪田定八である。

昨夜の変事は、すでに定八を通じて吉宗の知るところとなっていた。

そして今、二人は吉宗の面前に跪《ひざまず》いている。

日課にしている散歩の供として田沼意行を伴い、裃無しの寛いだ装いで晩秋の御庭に姿を見せていた。

「おぬしが朋友の疑い、晴れて何よりだったの」

「勿体なきお言葉……これも上様のおかげにございまする」

平伏したまま、兵四郎は感無量で言上する。

「それは重畳」

ちらりと見せた微笑みを収め、吉宗は続けて問うた。

「して、亡骸は見たのか」

「はい」

「尋常ならざる手口と藪田より聞いておるが、相違ないか」

「まず刀ではありますまい。とは申せ、薙刀《なぎなた》か長巻《ながまき》を用いたにしては切り口が鉈《なた》を振るうたが如くに荒《あろ》うございまする。越前守様も人間業に非ざること、かまいたちとは斯様《かよう》なものなのやもしれぬと申されておりました」

「……………」

しばし四人は無言となった。

与力の変死には、解《げ》せない点が多すぎる。

洲崎の浜に上陸を強行し、見咎めた本所奉行所の役人を惨殺して逃走するとは許し難い所業である。

しかも、用いた凶器が判然としないのだ。

「上様……」

定八が控えめな態度で口を開いた。

「長柄の得物に等しき威力を示し、かつ切り口が荒いとなれば、もしや唐の柳葉刀ではございますまいか？」

「おぬしも、そう思うのか」

「御意《ぎょい》」

藪田定八は冷静に、そう判じていた。

刃の重さに加えて、よほど強い遠心力が加わらなくては、荒いながらも鋭利な切れ味を示すのは不可能事のはずだった。

となれば江戸に参府してくる唐人一行より折に触れて伝え聞く、短兵の一種である柳葉刀と断じることができるのだ。

「海の向こうから参りし慮外者《りょがいもの》が、我が庭に……この江都を侵しおったのか」

つぶやく吉宗の口調には静かな、しかし烈しい怒りが込められている。

とはいえ、まだ市中に侵入したとは考え難い。

御城下に近い場所に身を潜め、機を窺っているのではないか――。

「とまれ、容易ならざる対手《あいて》と見なさねばなるまい」

「……」

吉宗の言葉に、兵四郎は平伏したままで重々しく頷いた。

悠長に構えている閑《ひま》はない。

ここは特命部隊と御庭番衆が一致団結して、迎え撃つべき局面だった。

吉宗の御許を辞去した三人は、速やかに下城した。

定八は御庭番衆と配下の家士を参集させ、臨戦態勢に入るという。

「殿、拙者《せっしゃ》を物見に放ってくだされ」

「うむ」

兵四郎の申し出に、意行は即答する。

「されば、御免」

二人に一礼するや、兵四郎は御濠端を一気に駆け去っていく。

「構わぬのか、田沼殿？」

「むろんにござる。某《それがし》が手塩にかけて鍛え上げし兵四郎、如何なる者を相手取りても後れを取りはいたしませぬ」

定八の問いかけに、意行は頼もしげに答える。

「大した自信だの」

応じて、定八は嬉しげに微笑んだ。

「げに良き配下を持ったのう、田沼殿」

「恐れ入りまする」

「願わくば、わが手下《てか》に欲しいところだが……のう？」

「それはご勘弁の程を」

「冗談、冗談じゃ」

「ふ、ふふ……」

「ははは……」

二人は明るく笑い合う。

だが、気を緩めているわけではない。

意行も定八も、身ひとつで生きているわけではない。

妻がいれば、家来も抱えている。

もしも自分が命を落とせば、路頭に迷わせてしまうことになる。

断じて、無為に死に果てるわけにはいくまい。

二人の漢《おとこ》は避けられぬ死闘を予感しつつ、必ずや生き残ろうと互いに腹を括り合っていたのであった。

四

兵四郎が洲崎に着いた頃、すでに日は暮れていた。

こちらへ向かう途中に、市中の川と堀を見て回っていたからである。

如何に手練の忍びである兵四郎といえども、たかだか半日で江都のすべての町を調べ歩くことは不可能だ。

しかし俊足を以て駆け巡り、船を用いて川伝いに、胡乱《うろん》な者が市中に潜入した形跡の有無を確かめるのならば容易である。

結果として、不審な様子は認められなかった。

かくなる上は惨劇の場となった洲崎の浜に戻り、いちから調べ直そう。

兵四郎は斯様に判じ、疲れの色など微塵《みじん》も見せずに現れたのだ。

若い体は疲労知らずだが、心の内は少なからず萎《な》えている。

「とんだ月見になっちまったな……」

今日は九月十三日（陽暦十月十七日）である。

例年ならば田沼夫婦の傍近くに侍《はべ》り、月見に興じる日であった。

江戸暮らしを始めてから知り合った屋敷の奉公人仲間とも、月見の馳走を一緒に堪能することができていたに違いない。

しかし、今年の月はどこか剣呑《けんのん》に輝いていた。

兵四郎の沈んだ心が、そう見せているのだろうか。

（俺も甘いな）

胸の中で自嘲のつぶやきを漏らしたとき、夕陽の下を一人の若者が歩いてくるのが見えた。

若者は、無言で兵四郎を見返す。

「何しにきた、おまえ？」

まだ二十歳にはなっていないだろう。

どことなく、口調がたどたどしい。

身の丈こそ何寸か低いが胸板が分厚く、腕も太い。剽悍な兵四郎と向き合っていても、まるで見劣りしない逞《たくま》しさだった。

「通りすがりの閑人ってやつさ。気にしないでもらおうか」

軽くうそぶき、兵四郎は若者と擦れ違う。

刹那。

「む！」

大脇差を抜き打ったのは、半ば本能で為したことであった。

ふだんの兵四郎ならば、このような無茶はしない。

抜かなければ、斃《たお》される。

そう思わせるだけの殺気を、背後の若者が放ってきたのだ。

斬り付けたとたん、両の腕に痛みが走った。念のために着けてきていた籠手の上からでも、痺《しび》れが来るほどの衝撃である。

辛うじて大脇差を取り落とさぬように保持しつつ、兵四郎は飛び退る。

「く……」

兵四郎は瞠目せずにはいられなかった。

この若者は、徒手空拳で真剣をも制する術《すべ》を心得ているのだ。

兵四郎を襲ったのは蹴撃《しゅうげき》だった。

大脇差を握った諸腕を蹴り付けたのに続き、若者は砂を蹴立てて跳躍した。

「！」

頭上にまで達するほど、高々と脚を振り上げての蹴りである。

それは当時の日の本に在っては知られていない中国武術のうち、大陸を横切る長江《ちょうこう》（揚子江《ようすこう》）の北方の地において発祥し、伝承されていた北派拳の一派、長拳であった。

鉄槌の如き一撃が、しゃっと目の前をかすめる。

（踵《かかと》か！）

斬り払おうとすれば、振りかぶった瞬間を狙って蹴られることだろう。

ここは籠手に仕込んだ馬針を抜き打ち、一瞬で雌雄《しゆう》を決するより他にあるまいと兵四郎は決意した。

と、そのとき。

砂浜の向こうから、微《かす》かな声が切れ切れに聞こえてきた。

子どもの悲鳴である。

すぐ目の前の海に嵌《はま》り、溺れているのだ。

兵四郎は迷わなかった。

「勝負は預ける！」

言い放つや、答えを待たずに大脇差を地面に突き立てる。

すっすっと袴紐を解き、足元に馬乗り袴を脱ぎ捨てたときにはもう、一直線に駆け出していた。

走りながら角帯をくるくる解き、筒袖の袷を両肩から滑り落とす。

半襦袢《はんじゅばん》を放った刹那、下帯一枚になった兵四郎は海中に身を躍らせていた。

もとより、金槌などではない。

国許の紀州では川で泳ぎ慣れていたし、この夏には新次たちと海水浴に興じたりもしたものである。

しかし、晩秋の海は冷たかった。

波にさらわれていく子どもに追いつけぬまま、体の熱が失われていく。

息詰まる死闘の渦中で、思っていた以上に体力を消耗していたらしかった。

（くそ……）

らしからぬ失態だったが、悔いても遅い。

次第に意識が遠退いていく。

ふと気付いたとき、兵四郎は逞しい腕に支えられていた。

「いくぞ」

若者はぶっきらぼうに告げると、立ち泳ぎで進み始める。

もう片方の手を失神した子どもの顎に添え、仰向けにして気道を確保した上でゆっくりと、しかし確実に岸へ向かっていたのであった。

「お前……俺まで助けてくれたのか」

「放っておいたら、ねざめがわるい」

若者は前を向いたまま、憮然と答える。

浜に着くまでには、もう暫《しば》しの時がかかりそうである。

子どものほうは大事なさそうだったが、こうなるとお互いに黙り込んだままでいるのも落ち着かない。

「……お前、名は何ていうんだ」

「虎太」

先んじて問うた兵四郎に、若者は即座に答えてくれた。気まずい雰囲気を持て余していたのは同じだったらしい。

「なるほど。さすがは強そうな名だ」

「死んだおっ母さんがつけてくれたんだ」

褒められたとたんに、虎太の口調は明るくなる。

そうしていると凄《すご》みも薄れ、齢相応の気のいい若者にしか見えない。

(人とは添うてみねば判らぬものと殿が申しておられたけれど、ほんとだな)

安堵の念を覚えつつ、兵四郎は虎太の腕に負担をかけぬよう、そろそろと立ち泳ぎをしていくのであった。


九死に一生を得たのは洲崎の漁村の子どもだった。なまじ慣れている海で油断し、足が攣《つ》って溺れかけていたらしい。

早々に親のところに運ばれており、命に別状は無いという。一番の恩人のはずの若者は何処に行ったのか、先程から姿が見えずにいた。

「御礼の申し上げようもございやせん、おさむれぇさま」

仁五郎《じんごろう》という老漁師は皆を代表し、兵四郎に向かって深々と頭を下げた。網元というほどではないまでも、束ね役といった立場らしい。

「俺はただの若党だよ。それに、ちょいと弁財天様へ夜参りに来ただけさ」

囲炉裏端《いろりばた》に座らされた兵四郎は、面映ゆそうに言った。

「そのおかげで小さな命が助かったんでさ。ほんとにありがとうごぜえやす」

赤銅色に日焼けした顔を綻ばせ、仁五郎は重ねて頭を下げる。

殺風景な漁師小屋だった。

漁のために必要な道具は別に小屋を構えて納めているのだろうが、老爺一人が暮らすには広すぎる。あるいは、以前は家族と一緒だったのかもしれない。

「仁五郎さんは独り身なのかい」

「お恥ずかしいこってすが、女房に先立たれてからは後添えを貰う甲斐性も無いまんまで来ちまってねぇ……これでも娘が一人いたんですが、そいつもいなくなって久しいもんで」

「失礼なことを聞いちまったな。御免よ」

「気にしねぇでおくんなさい」

微笑みを絶やすことなく、仁五郎は白湯《さゆ》のお代わりを注いでくれた。おかげで冷え切った体も暖まり、そろそろ体も十全に動かすことができそうだった。

「すっかり世話をかけちまったな」

謝意を述べつつ、兵四郎は立ち上がる。

「もういっちまうんですかい」

仁五郎は名残惜しげだった。

「小腹も空きなすったでしょうし、粗《あら》雑炊でも拵えますからどうか喰っていっておくんなさいよ、ねぇ？」

この老爺、どうやら人恋しくもあるらしい。

介抱してもらった身としては付き合うべきなのであろうが、放り出したままの探索も気に掛かる。

どうしたものかと兵四郎が戸惑っていると、表の板戸がほとほとと鳴った。

訪《おとな》いを入れてきたのは、あの虎太という若者だった。

「帰ったぜ、じいちゃん」

「うるせぇ！」

声を聞くなり、仁五郎は吠え猛った。まるで別人の如き態度である。

しかし虎太は構うことなく板戸を引き開け、中に入ってくる。

「聞こえなかったのか、このがき！」

「言い過ぎだろう、仁五郎さん」

余りの豹変ぶりに驚きながらも、兵四郎は口を挟まずにはいられなかった。

それでも、老爺の勢いは止まらない。

「このような者のことは存じやせん。勝手にうちの小屋に上がり込んで、咎めたら自分は十六年ぶりに帰《けえ》ってきた孫だなんて言い出すような野郎なんでさ」

「え……そうじゃないのかい？」

「当たり前でさ」

ぶすっとした顔で仁五郎は答えた。

とはいえ、この老爺の造作は虎太と良く似ている。隔世遺伝とは後世になって医学が進歩してから判明したことであるが、祖父母と孫は顔立ちや特徴が似るということを、当時の人々も経験として承知の上だった。

当の虎太は二人のやり取りをよそに、土間の甕《かめ》から汲んだ水を飲んでいる。

「何故、お役人へ届けないんだい」

黙り込んでしまった仁五郎に、兵四郎は怪訝そうに続けて問うた。

「ばかなことを言うなよ」

と、おもむろに虎太が口を開く。

「じぶんの孫を悪党よばわりして突き出すなんてこと、できるはずない」

たしかにその通りだったが、仁五郎は黙っていなかった。

「ふざけるな、この野郎っ」

やにわに立ち上がるや、素足のままで土間に飛び降りる。

「で、出て行け！」

立てかけてあった銛《もり》を引っ摑み、血走った目線と共に虎太へ向ける。

「よせよ、祖父《じい》さん！」

「は、放しやがれっ」

羽交《はが》い締めにして制止する兵四郎に、もはや仁五郎は遠慮しなかった。

「この野郎はよ、儂《わし》の娘が不義をして孕《はら》みやがった子なんだ！　手前勝手に死ぬって言い出してよぉ、がきを連れて海に漕ぎ出たまんま行き方知れずになったかと思えばこの始末よ！　最初《はな》っから孫だと認める気なんぞありゃしねぇ！」

声を荒らげ、老爺は続けざまに言い放った。

「出ろ！　みんな出てけっ!!」

「おお、こわいこわい」

肩をすくめ、虎太は逆らうことなく板戸を開けた。

こうなればもう、兵四郎も居残る理由はない。

気まずい想いを抱きながら大脇差を帯び、土間に揃えてもらってあった足半《あしなか》を突っかける。

仁五郎は銛を放り出し、土間にうずくまっている。

しかし今は何を言ったところで、落ち着かせる役には立ちそうになかった。

すでに虎太の姿は消えていた。

どのような経緯で村から姿を消し、再び戻ってくることになったのかは判然としないが、仁五郎の話から察するに浜の道具小屋で夜露を凌いでいるらしい。

何とはなしに気に掛かり、兵四郎は夜の闇に包まれた砂浜を探し歩いた。

「あれか……」

辿り着いたのは、思っていたより大きな小屋だった。

明かりは点いていないが、中から人の気配が感じられる。

「む？」

兵四郎の表情が、おもむろに変わった。

小屋の中に潜んでいるのは一人や二人ではない。

気配から察するに、おおよそ二十ばかりの頭数が揃っている。

今は寝息を立てているが、もう少しでも兵四郎が近寄れば目を覚まし、襲ってくることだろう。

最初に浜辺で虎太と激突したときの感触が甦ってくる。

抜かなければ斃される――。

そう想わせる殺気が、渦となって五体に流れ込んでくる感じである。

強者の虎太に匹敵する腕利きが、束になって潜んでいるのだ。

と、背後から硬い声が聞こえてきた。

「お前……」

「もう抜く気はないよ、虎太」

声を低めてそう告げると、兵四郎は歩き出す。

小屋から逸れて駆け去っていく背中に、もはや殺気は迫ってこなかった。

五

それから小半刻（三十分）後。

夜更けて田沼屋敷に戻った兵四郎は、意行を前にして一部始終を語った。

こたびの件は容易ならざる事態と聞き、屋敷に詰めていてくれた鴨井芹之介も同席している。

「何とも物騒なことだの」

話を聞き終えるや、芹之介は嘆息した。

「唐渡りの刺客まで差し向けて参るとは、どこまで執念深いのだろうな。上様のお命を縮めんとする慮外者は……」

語尾が心なしか震えている。

兵四郎を動揺させるほどの強敵が揃っているとなれば、豪胆な芹之介が動揺を覚えたのも無理からぬことだろう。

しかし、意行はすでに腹を括っていた。

「とまれ、速やかにこちらから仕掛けることだの」

「は」

「藪田殿には儂より連絡《つなぎ》を取る。おぬしは芹之介と共に、疾《と》く洲崎へ戻れ」

「心得ました」

下知《げち》を受け、兵四郎は力強く頷き返す。

大脇差も馬針も手入れをし直し、すでに遺漏無く身に付けていた。

夜はとっぷりと更け、深夜の漁村は寝静まっている。

二人が到着したとき、虎太はまだ小屋の前に佇《たたず》んでいた。

「しばしお待ちを」

芹之介を押し止め、兵四郎は歩み出す。

気付いた虎太も、無言のまま近寄ってくる。

小屋から距離を置いた砂浜で、二人は向き合った。

「今のうちに去れ、虎太」

打ち寄せる波音を耳にしながら、兵四郎は静かな口調で告げた。

「仁五郎さんを憎んではいないのなら、これより先は巻き込むな」

「なにが言いたい？」

「お前、心から祖父《じい》様に受け入れて貰うために郷里《くに》へ舞い戻ったわけではないんだろう」

「なぜ」

「あの小屋にいるのはお前の仲間……ゆうべ役人を嬲《なぶ》り殺しにした連中なんじゃないのかい？　あんな連中を匿ったと知れれば、仁五郎さんはもちろん、この浜の漁師衆はみんな揃って罪に問われる。お前が助けた、あの坊ずもな」

「………」

「安心しろ。お前が殺《や》ったとは思っていないさ」

黙り込んだ若者に、兵四郎はふっと微笑みを投げかけた。

問い詰めてはいても、相手は命の恩人である。無下にしたくはなかった。

「さっきは無様なところを見せちまったが、これでも俺は忍びでな……血の匂いってやつを嗅ぎ分ける鼻は持っている。お前はまだ、人を斬ったことがないはずだ。そうだろう？」

「……でも、やり方はしってるよ」

「それは承知の上さ。お前、よほどの腕利きに鍛えられたな」

「……義父《とう》さんにな」

観念した様子で、虎太は俯いた。

兵四郎は黙ったまま、若者を見返す。

その義父というのが、如何なる経緯で虎太を引き取ったのかは定かでない。

しかし、放っておくわけにはいかぬ。

公儀の役人を惨殺して江都に潜入し、征夷大将軍を害さんとする慮外者どもを放置しておくわけにはいかないのだ。

「去れ、虎太」

今一度、兵四郎は最初に告げた言葉を繰り返した。

「俺はお前を斬りたくない。命の借りに見逃してやるよ」

「へいしろう……」

「達者で暮らせ。みんなは俺が守る」

短く告げ置き、兵四郎は踵《きびす》を返す。

芹之介は何も言わず、戻ってきた兵四郎の肩をそっと叩いてやるのだった。

虎太が姿を消してから暫《しば》しの後、意行と定八が到着した。

「動きはないな」

「は」

意行の問いかけに、兵四郎は気まずい想いで答える。

虎太を逃がしたことの責は、小屋に潜む一味を殲滅《せんめつ》した後で、甘んじて受けるつもりであった。

「お手柄だったの」

兵四郎の肩を叩き、定八は言った。

「この村を我らが戦《いくさ》に巻き込むわけにはいくまい。あの小屋より一歩も出さずに討ち滅ぼすぞ。良いな」

配下の御庭番衆は、すでに砂浜に集結していた。

藪田家を含めた御庭番十六家は、腕に覚えの家士をそれぞれ召し抱えている。参集したのは総勢五十名余の軍団であった。

「皆、しかと頼むぞ」

無言で頷くや、精鋭たちは小屋の周囲に分散していく。

刹那、暗闇を裂いて鋭い矢音が聞こえてきた。

たちまち、数名の家士がもんどり打って倒れる。

矢は一条だけ放たれたわけではない。

続けざまに、闇の向こうから殺到したのだ。

敵は剣で武装しているだけではなかった。小屋を包囲されたと気付くや、昨夜に本所奉行所の与力を落馬させたときと同様に弓を用いて、一気呵成《いっきかせい》に逆襲してきたのである。

「焦れば矢衾《ぶすま》にされるばかりぞ、無茶をするなっ」

飛び出さんとした若者の袖を、芹之介はぐいっと引っ張る。

「あれは弩《おおゆみ》じゃ。おぬしといえども、かわすのは無理であろう」

「おおゆみ？」

「仕掛けを以て矢を飛ばす、外国《とつくに》の強弓よ」

「されば、唐土の武具にございまするか」

「左様。げに手強き代物ぞ……」

敵はよほどの数の矢を持ち込んでいたらしく、一向に途切れない。

迂闊《うかつ》に出れば、狙い打たれるばかりである。

一同は釘付けにされてしまっていた。

手裏剣を撃っても、さしたる効果はないだろう。弩は有効射程こそ日の本の弓より短いが標的を貫通する力で勝っており、その威力は腕に覚えの忍びが放つ飛剣をも凌駕しているのだ。

（このままじゃ皆殺しにされちまう。いっそ俺が囮《おとり》になって……!!）

と兵四郎が悲壮な決意を固めんとしたとき、闇の向こうからくぐもった悲鳴が聞こえてきた。

屋内で同士討ちが起こっているらしい。

小屋の板壁が打ち破られ、破壊された弩が放り出される。

矢が殺到しなくなったと察知するや、身を伏せていた御庭番衆が一斉に小屋の中へと突入していく。

たちまち、苛烈な白兵戦が始まった。

飛び道具をを失ったとはいえ、敵は柳葉刀の遣い手揃いである。しかも一撃で骨をも砕く拳法を用い、白刃《しらは》と足刀《そくとう》で仕掛けてくるとなれば強敵なのだ。

一人でも多く討ち取り、敵の勢いを減じなくてはならない。
「我らも参るぞ！」
意行の号令一下、兵四郎と芹之介は駆け出す。
乱戦の中、ふたつの影が砂丘《さきゆう》の上で激しく飛び交っていた。
「虎太⁉」
その姿を見て取るや、兵四郎は信じ難い様子でつぶやいた。
一度は立ち去っていながら、いつの間にか舞い戻っていたのである。
（まさか、あいつが……）
刺客仲間を裏切り、弩の射手を倒してくれたのは他ならぬ虎太だったのだ。
相手取っているのは敵の頭目と思しき、六尺豊かな巨漢だった。
裏切り者の虎太に対し、全身から剣呑な殺気を迸《ほとばし》らせている。
（勝てるわけがない）
兵四郎のみならず、意行と芹之介の目にも格の違いは明らかだった。
しかし、割って入る余裕は与えられなかった。
御庭番衆の包囲を突破した敵が数名、砂丘へ向かって駆けていく。
「行かせるでないぞ！」

一声上げるや、意行は疾駆した。気付いた敵が柳葉刀を振り回すより早く、脇を駆け抜けざまに抜き打ちの一刀で胴を薙《な》ぐ。

芹之介も遅滞なく、大太刀を鞘走らせる。

「来ーい!!」

気迫の叫びを浴びせて圧倒しつつ、斬ってくる凶刃を受け流す。

返す刀を喰らった敵がのけぞるのを目視《もくし》確認し、速やかに後方へ向き直る。

跳躍しての蹴りを仕掛けんとした第二の敵は、たちまち脚を刎《は》ねられて砂浜に落下した。

「むんっ!」

拾った柳葉刀を一気に胴へ打ち込み、芹之介は止めを刺す。

奮戦する二人を援護するべく、兵四郎の手元から馬針が放たれた。

新手と激しく斬り結んでいた意行を背後から突かんとした敵が、辮髪を振り乱したまま四肢を硬直させる。

今一人の敵は芹之介に足払いを喰らわせようとした瞬間を狙われ、のけぞったところを大太刀で芋刺しにされて果てていた。

すぐ目の前ならばこうして仲間の窮地を救うのも容易いが、砂丘の上で強敵と渡り合っている虎太には何ひとつしてやれない。

（死ぬなよ、虎太！）

胸の内で心から祈りつつ、兵四郎は馬針を続けざまに撃ち込む。

藪田定八率いる御庭番衆の奮戦も相俟《あいま》って、さしもの敵勢も見る見るうちに数を減じていった。

虎太は義父の剣尚を相手取り、果敢に刃向かい続けていた。

「忘記了培育了的恩⁉（育ててやった恩を忘れたのかっ）」

柳葉刀を旋回させて攻め立てながら、剣尚は吠える。

裏切ったとなれば、もとより生かしておくつもりはないのだろう。

しかし、虎太は微塵も怯えてはいない。

「這裡是生了我的村！　踏焦急不做‼（ここは俺の生まれた村なんだ。踏みにじらせはしないっ）」

徒手空拳で立ち向かい、殺到する白刃と足刀をかわしながら肉迫しようと懸命になっていた。

「第混蛋……（馬鹿め）」

手塩にかけて育てたはずの若者を見返し、剣尚は不気味な笑みを浮かべる。

「殺可惜沒辦法。給冥土的土産聽（斬るには惜しいがやむを得ん。冥土の土産に聞かせてやろう）」

死を宣告されながらも虎太は怯えずに、足元の砂を蹴立てて大跳躍する。

だが、必殺を期して見舞った踵落としは非情な一手で阻まれた。

「！」

闇の中に血飛沫《ちしぶき》が散り、虎太は砂の上に叩き落とされた。

剣尚は一瞬早く見切るや、足首を狙って柳葉刀を振るっていたのだ。

完全に断たれるまでには至らなかったが、腱《けん》を裂かれてしまったとなればもう二度と跳び上がることはできない。

「拾起了到我的船的時候、你的母親還生活著（儂の船に拾い上げたとき、お前の母親はまだ生きていた）」

血濡れた刃を引っ提《さ》げて、剣尚はうそぶく。

「什麼⁉（何っ）」

きっと見上げた虎太の耳に届いたのは、残酷きわまる告白であった。

「因為裝上著女人是災禍的原來、悲哀打發回了到海（女を乗せていては災いの元なのでな、哀れだが海に帰してやった）」

「…………」

虎太の顔色が変わったのも当然だろう。

養い親であり、剣の師でもあった男は母の仇だったのだ。

「放心！（安心せえ）」

決め付けるように、剣尚は言った。

「象對人世不留有依戀一樣地、好好地使之滿足。請在投入波濤洶湧的海之前、以大家強姦使高興（この世に未練を残さぬよう、きっちり往生させてやったよ。荒海に放り込む前に、皆で楽しませて貰うてな）」

何の憐憫も感じさせない口調である。

剣尚は、口元に浮かべた笑みを絶やそうともしていなかった。

憎悪の視線を向けてくる義理の息子を、ずんと蹴り付ける。一撃で臓腑を破ることもできるだろうに、わざと加減して痛みを与えているのだ。

ずん、ずんと続けざまに重たい蹴りが打ち込まれる。

「這個小子！（おのれっ）」

背中を反らせつつ、虎太は悔しげに叫んだ。

「為何、只預先弄活了我（なぜ、俺だけを生かしておいたんだっ）」

「如果向和冦的國的孩子從入門教育了我的技能、到哪裡變得強是試著嘗試的。明白了木偶的時候立即殺……想使之追趕母親之後可是、你成長了為完美。最高的殺人的偶人（和冦の国のがきに儂の技をいちから仕込んだら、どこまで手練になるのかを試してみたのよ……木偶《でく》の坊と判ったときには即座に母親の後を追わせてやろうと思っていたのだが、お前は完璧に育ってくれた。この上なき殺しの人形にのう）」

滔々《とうとう》と述べる口調に、剣尚は憐憫の情など微塵も交えていない。

蹴りの数も勢いも増しつつあった。

それでも虎太は屈しない。

「這個第冷血漢!!（この人でなしがっ）」

声を限りに叫ぶや、足首を摑んで引き倒さんとする。

利那、虎太の片腕が切り落とされた。

「真的、殺了可惜（まこと、殺すには惜しい……）」

血飛沫の上がる中、剣尚のつぶやきが無情に流れる。

足をぶんと振るい、主を失った腕を振りほどく様も淡々としたものだった。

悠然と背後に向き直り、立ち尽くしていた兵四郎を睨《ね》め付ける。

「虎太……！」

呻く兵四郎の周囲には、冷たい亡骸と化した敵が幾人も転がっていた。意行と芹之介ともども相手取って討ち果たしたものの、邪魔されて虎太を助けられなかったのだ。

兵四郎たちが駆け付けたことに、剣尚は気付いていたのである。それでも余裕の態度で虎太を痛め付け続けたのは、三人が生き残りの配下どもを相手取っていて、こちらの助っ人になど割って入れぬことを見越していたからだった。

「あいつは虎太に何と申したのですか、殿」

顔面を蒼白にしたまま、兵四郎は意行に問うた。

「なぜ知りたいのだ」

「義理とは申せど息子のことを何故に、如何にして苛《さいな》んだのか。それを承知した上で斬りたいのです」

「……されば、申すぞ」

剣術のみならず学問にも秀でた意行は、漢籍に通暁している。

わざと周囲に聞こえるように、勝ち誇った様子で剣尚がうそぶいた、吐き気を催すような悪口雑言《あっこうぞうごん》の意味はもとより理解できていた。

「母御は溺れ死んだのではない……引き上げて皆で慰みし後に海の藻屑《もくず》とし……虎太のみを連れ帰ったのだと……殺しの刀術《とうじゅつ》を仕込む、ただそれだけのためにの……」

兵四郎に説き聞かせながら、意行の顔は怒りの余りに青白くなっていた。

人の親になりたい、子が欲しくて堪らない身として、剣尚がうそぶいた言葉に激怒せずにはいられなかったのである。

もしも兵四郎が立ち向かうのに気後れしたならば、彼自身が激情を抑えきれずに飛び出していたかもしれない。

しかし、ここは虎太と友情を結んだ兵四郎にすべてを託すべき局面だった。

「外道!!」

声高く吠えるや、兵四郎は風を巻いて突進した。

凄腕の清国剣士に、一対一で勝負を挑んだのである。

二条の刃が続けざまに激突する。

殲滅した連中を遥かに超える、重たい斬撃であった。

楕円形の鍔は頑丈そのものである。

彎曲した柄を握った手の内は、幾十合《ごう》と刃を合わせていても、まったくぶれる様子もない。

意行と芹之介は無言のまま、息詰まる戦いを見守っている。

そこに定八が駆け付けてきた。

「兵四郎っ」

「お手出し召さるな、藪田殿」

思わず手裏剣を放とうとした手を抑え、意行は静かな口調で言った。

「これは兵四郎が制さねばならぬ戦い。ご助勢は無用に願いまする」

「されど！」

「力及ばず死したならば、そこまでの者だったということ……」

言葉こそ非情そのものだったが、意行の視線は片時たりとも兵四郎から離れはしなかった。

籠手が割れ、馬針が散らばる。

その一本を、兵四郎は発止《はっし》と摑んだ。

投じている余裕はない。

兵四郎は馬針をくるりと回転させて柄を握る。

怒りを込めた一撃が、剣尚の右腕をぐさりと貫いた。

柳葉刀の動きが一瞬止まる。

利那、兵四郎の大脇差が唸りを上げた。

馬針を突き立てるのが一瞬でも遅れていれば、命はなかったことだろう。

「這個小子（おのれ）……」

呻きを漏らしつつ、怒りの一刀に真っ向を割られた剣尚は崩れ落ちていく。

猛攻を凌いでの逆転勝利だった。

御庭番衆が駆け寄り、よろめく兵四郎を支えてやる。

「無事か、兵四郎っ」

「拙者は大事ありませぬ……」

喜びの表情を露わにする定八をよそに、意行は黙って頷いていた。

たとえ強敵を制しても、兵四郎が束の間の友情を結んだ若者は二度と生き返りはしない。今は何も言葉をかけずにいてやるのが一番だと、意行は判っていたのであった。

「……御免」

定八と御庭番衆に礼を告げ、兵四郎は自力で立った。

震える手で大脇差を鞘に納め、馬針を拾う。

動かぬ虎太を抱え上げるときにも、誰の手も借りようとはしなかった。

「可哀相なことをしたの」

やるせなく、芹之介がつぶやく。

かくして、未曾有の暗闘は幕を閉じた。

名君の吉宗を暗殺するべく、これほど執拗《しつよう》に狙ってくる黒幕とは一体何者なのだろうか。

何としても探り出し、始末を付けずには捨て置くまい——。

決意を新たにする意行たちをよそに、息絶えた若者を抱いて去り行く兵四郎は沈鬱な表情のままだった。

六

翌日、清国の刺客団が全滅したのを知った新井白石は、麹町五丁目の尾張藩拝領屋敷へ急ぎ向かった。

「五百……いや、六百両か……とんだ無駄金だったのう」

話を聞き終えた徳川宗春は、深々と溜め息を吐く。

私室にしている座敷は縁側に面した、日当たりの良い一室だった。

「申し訳なき次第にござる」

明るい陽射しの差す畳にはいつくばり、白石は深々と平伏した。

自尊心の強い老儒学者にとってはかつてない屈辱だった。

日の本の貴重な金銀を不法なる商いで掠め取っていく、唾棄すべき対象でしかない密貿易一味に世辞まで言い、懐柔したのもまったくの無駄に終わった。

今度こそ堅いと見なしていた吉宗暗殺計画は、龍剣尚率いる一味が殲滅されたことで水泡に帰してしまったのである。

「ほんに、口ほどにもない者共じゃ……」

悔し紛れに、白石はぎりぎりと歯嚙みした。

貴人の前で感情を露わにするのは、作法に反する振る舞いである。

御三家の子弟の面前に罷《まか》り出ているということさえ、一瞬忘れていたのだ。

「まったくだのう……」

立腹するでもなく、宗春は首肯する。

しかし、さらりと続けた一言は辛辣《しんらつ》そのものであった。

「とまれ、これより先は儂に任せてもらおうかのう。筑後守殿」

「な、何と申される⁉」

「おぬしが弄する策などでは、もはや埒は明かぬようだからの。わが尾張の精鋭を以て、吉宗が一命を疾く頂戴することにいたすよ」

「そ、そのようなことはござらぬ！　まだまだ秘計がござれば、何卒っ」

白石は懸命に食い下がったが、宗春はにべもない。

「強がりを申すな、ご老人。年寄りの冷水《ひやみず》が過ぎては持病に障《さわ》るぞ。ん？」

実に居丈高な口ぶりである。

「多少なりとも雑作をかけた礼に、新居へ幾ばくかの祝儀を追って届けさせると致そう。楽しみにしておられよ」

「……………」

感謝の意を述べているようでいて、明らかな侮辱の態度であった。

それでも白石は言い返せない。

この若い武士は立場も物の考え方も、凡百の若者とは違うのだ。

同い年の白羽兵四郎とも、まるで異なる有り様である。

優美な外見の持ち主でありながら、その本性は暴君以外の何者でもない。

（斯様《かよう》な者が天下人となれば、必ずや国は乱れる……）

吉宗憎しの一念で突っ走り、かかる怪物を動かしてしまった己が愚かさを白石は今こそ痛感せずにはいられなかった。

白石を帰した後、宗春は船を一艘仕立てさせた。

向かう先は尾張戸山の下屋敷である。

「大儀なものよのう」

いつまでも、拝領屋敷に居座ってはいられない。

いずれ白石にすべての罪を着せて処断されるように取り計らうにしても、きな臭くなってきた周囲を一度きれいにしておかなくてはならなかった。

堀を遡上していく猪牙船《ちょきぶね》の舳先に立ち、宗春は昂然《こうぜん》と顎を上げていた。

兄の継友と違って気儘《きまま》な身の上である。

譜代衆に任ぜられて江戸表で暮らしていても、吉宗の恩恵に毛ほども感謝してはいない。血を分けた肉親の兄に対しても、まったく同様であった。

異母弟の宗春に、継友は何程のことをしてくれたわけでもない。

なればこそ蹴落とし、取って代わってやるのを躊躇《ちゅうちょ》しないのだ。

「儂も不幸な身の上よのう……だが、いつまでも冷や飯を喰らってのんびりしてはおられまい」

宗春は野望に燃えていた。

秋も深まる江戸市中では、水辺の木々も紅葉している。

その様を楽しげに眺めやりつつ、若き野望家は不敵につぶやく。

「必ずや儂のものにしてくれるわ……この江都を余すところなく、のう……」

凜々《りり》しい外面の裏に隠し持つ、その暗い執念を吉宗はまだ知らない。


洲崎の暗闘は藪田定八の采配の下に事後処理が行われ、敵の亡骸を含めた遺留品の一切が速やかに抹消されるに及んだ。

ただひとつだけの例外が認められたのは、田沼意行の懇願が功を奏してのことであった。

虎太の亡骸は、激闘の幕が下りた浜の小屋に寝かされたままになっている。

兵四郎は手ずから浄《きよ》めた亡骸に、一晩寝ずに付き添ったのだ。

断たれた腕は縫合し、さらしで固定してやることも忘れてはいない。

仁五郎はとうとう、昨夜は一度も姿を見せずじまいであった。

あの老爺の愛憎は、若い兵四郎には理解し得ないほど深いものなのだろう。

だが、無縁仏にしてしまうには忍びない。

このまま弔ってもらえぬのなら、自分が連れ帰って埋葬してやろうと兵四郎は心に決めていた。

と、塞がれていた板戸がおもむろに開いた。

「ずっと付き添っていただいちまって、すみやせん」

「いや……」

恐縮した様子の仁五郎に、兵四郎はぎこちなく目礼を返す。

頭の中では、適切な言葉を選ぼうと懸命になっていた。

自分への詫びなどはいらない。

虎太のことを哀れんでやって欲しいのだ。郷里のために命懸けで戦い、若い命を散らした孫を誇りに思って欲しいのだ。

昨夜は村じゅうの人々が訪れ、亡骸を拝んでいってくれた。虎太に助けられた少年も幼いながらに恩人の死を理解したらしく、大泣きしたものである。

ちいさな漁村が連座するところだった将軍暗殺の大罪を未然に阻止してくれた恩人に感謝こそすれども、恨む筋合いはない。

たとえ同じ菩提寺に埋葬することになったところで、忌避する者などは恐らくいないことだろう。

わだかまりを捨てて、どうか虎太を代々の墓に葬ってはやれないものか——。

そう言いかけたとたん、仁五郎が先に口を開いた。

「娘の人別は抜いておりません。どうか、この子を引き取らせてくだせえ」

「ほ、真実《ほんとう》かい？」

「可愛い孫を家の墓に埋めてやるのに、何の不都合があるもんですか」

「仁五郎さん……」

兵四郎はいちどきに、救われた想いを覚えていた。

もはや何も言うことはない。

そっと板戸を閉めたとたん、仁五郎の慟哭《どうこく》が聞こえてくる。

もう二度と後を振り向いてはなるまい。

晩秋の陽光の下で、凪《なぎ》の海は穏やかに照り返している。

波打ち際を歩きながら、兵四郎は胸の内で決然とつぶやく。

（もう許せねぇ）

若き戦士は今こそ、吉宗暗殺を執拗に狙う黒幕に対する怒りの念が燃え上がるのを、はっきりと自覚していた。

第五章　剣聖の若君

一

十月ともなれば、吹く風にも冷たさが感じられるようになってくる。

陽暦で十一月。いよいよ秋も深まる時節であった。

田安御門内・田沼屋敷――。

家人が寝静まった屋敷の奥座敷で田沼意行と鴨井芹之介、そして白羽兵四郎の三人が膝を交えて話し合っていた。

「して、藪田殿は何と？」

「火元はひとつしか考えられぬ。そう申しておられたよ」

「左様か……」

御庭番衆による先月来の探索の結果が、いよいよ出揃ってきたのである。

度重なる策を弄して吉宗公の命を狙い、ついには清国人の殺し屋一味まで差し向けてきた黒幕とは一体何者なのか。

その答えが、ついに出たのだ。

「新井筑後守、か……」

「斯様《かよう》に判じるより他にあるまいよ」

芹之介のつぶやきに、意行は淡々とつぶやく。

やはり、黒幕は新井白石以外には有り得ない。

火付けを画策し、刺客を放ち、執拗《しつよう》に吉宗の権威を失墜させることと命を奪うことを望むだけの動機を、あの老儒学者は持っている。

願わくば認めたくはなかったが、御庭番衆の入念な探索により、今まで意行が仲間たちと共に制してきた幾多の慮外者《りょがいもの》どもと白石が密かに繋《つな》がっていたことの確証が取れている。後は、如何《いか》にして処断するかであった。

「何とするつもりか、兵四郎？」

おもむろに立ち上がった若者に、意行は怪訝《けげん》そうに問いかける。

「筑後守様が屋敷に忍び込みまする」

「無茶をしようというのではあるまいな?」

「ご当人に刃を向けるつもりはございませぬ。ご安心くだされ」

兵四郎の態度は抑えたものだった。

何故に数々の犠牲者を出し、江都の民の安寧《あんねい》を危険に晒してまで吉宗の一命を縮めんとしたのか、直に真意を問い質したい。

若き戦士が望むのは、その一点のみだった。

「とまれ、腹ごしらえをしてからにせえ」

静かな決意を漂わせる兵四郎に、意行はそっと告げた。

座敷には、辰が直々に用意してくれた夜食の膳が置かれていた。

酒の他には秋茄子の煮浸《にびた》しと大根の浅漬けに、塩むすびが添えられているだけの簡素なものだが、握り飯は一口で食べられるように小さめに仕立てられていて配慮が行き届いている。

「おぬしも一杯呑らぬか?」

「止めておこう。たまには胃の腑《ふ》を労《いたわ》りたいのでな」

控えめな口調で芹之介の酌を断りつつ、意行は下座に就いた兵四郎ともども、心尽くしの夜食へ慎ましやかに箸を伸ばす。

いつも美味しい辰の手料理だが、今宵ばかりは何故か喉を塞ぐような感触を覚えてならない兵四郎であった。


それから四半刻（三十分）後、場はお開きとなった。

「気を付けて参れよぉ」

「鴨井様も、お気を付けて」

門前で短く言葉を交わし、芹之介と兵四郎は別れた。

いつしか雨が降り出していた。

玄関先にあったのを拝借してきた傘を手に、芹之介は歩き出す。

「鞭声粛々《べんせいしゅくしゅく》、夜川《よるかわ》を渡るぅ……」

ろれつが廻らぬ調子で『川中島』を口ずさみつつ、よろめきながら番町の裏店へ向かう家路を辿っていた。

あれから独酌で軽く杯を傾けてはいたが、ここまで酔うほどの量を口にしてはいないはずだ。どうして酩酊《めいてい》した様なのか、解せないことだった。

と、芹之介の双眸《そうぼう》がおもむろに細くなる。

闇の中から迫り来た白刃を、さっとかわす。巨体に似合わぬ、俊敏そのものの体捌《たいさば》きであった。

到底、酩酊していて為し得ることではない。尾行に気付き、わざと酔った態《てい》を装っていたのだ。

「酔い痴《し》れておると侮《あなど》ったが、裏目に出たのう」

定寸刀を八双に取って身構える対手《あいて》を見返し、不敵にうそぶく。

もとより、微塵《みじん》も油断はしていない。

「したが、一滴とて口にしてはおらぬわ！」

鋭く言い放つや、芹之介は手にしたままでいた傘を放る。

敵の視界を遮った上で、長尺《ちょうじゃく》の刃《やいば》を鞘走らせる。

傘を切り裂いたのは、まったくの同時であった。

「む！」

手首の急所を狙ってくる敵刃を、芹之介は続けざまに受け止め、受け流す。

どうにか防ぐことはできていたが、返す刀で斬り伏せるのは難しい。

こちらが打ち込めば後《ご》の先《せん》で攻め入り、猛裂に斬り立ててくるからだ。

太刀打ちできぬとなれば三十六計、逃げを打つより他にあるまい。

「うおーっ!!」

咆哮《ほうこう》を浴びせた刹那、地に転がった破れ傘を蹴り上げる。

不意を突いたことで生じた隙に、だっと芹之介は駆け出した。

足を止めずに鞘を引き、納刀するのはひと苦労だった。重たい打ち込みを受け続けたことで、両の手がすっかり痺《しび》れていたのだ。

（あの合撃《がっしうち》、もしや柳生新陰流《やぎゅうしんかげりゅう》……）

息を切らせて走りながら、改めて冷や汗を流さずにはいられなかった。


兵四郎はその頃、新井白石の隠棲する小石川の柳町へと向かう途次《とじ》で三人組の襲撃を受けていた。

機敏に身を翻《ひるがえ》し、籠手に仕込んだ馬針を乱れ打つ。

まともに刃を合わせては抗しきれぬと判じてのことだった。

致命傷を与えるまでには至らなかったものの、すべてを弾かれずに浅手を負わせることに成功したらしい。

堪《たま》らずに敵勢が撤退していくのを見届け、兵四郎は荒い息を吐く。

「もしや、殿も……！」

そう気付いた刹那、兵四郎はだっと駆け出す。

いずれにしても、今宵の隠密行は断念せざるを得なかった。

意行は二人を送り出した後、文机《ふづくえ》に向かって筆を執っていた。

奉公人たちは先に休ませてある。辰にも別室に床を取らせ、早く寝るようにと伝えてあった。

藪田定八が吉宗に提出するであろう報告書とは別に、一筆まとめておかなくてはならない。信じ難い事実を上申するからには、入念に考えを整理する必要がある。夜なべの作業には時がかかりそうであった。

と、意行は静かに筆を置く。

「……………」

足音を抑え、床の間まで移動する。

刀架の佩刀《はいとう》を意行が摑み取ったのと、障子が開け放たれるのはまったくの同時であった。

腰を捻って抜刀するや、刀身を横一文字にして頭上に掲げる。

刹那、激しい金属音が上がった。

意行は柄に五指をきっちり絡め、下から支えるように保持している。剣術用語で止め手と呼ばれる手の内だ。

刺客の襲撃を受けたとはいえ、皆を呼ぶわけにはいかない。兵四郎ならば加勢も頼めようが、老中間の弥八と、鼻っ柱が強いながらも未熟な多吉を出合わせたところで、いたずらに命を危険に晒させてしまうばかりだからだ。

「うぬ、なかなかやるの。小姓にしておくには惜しき腕ぞ」

剽悍《ひょうかん》な刺客は覆面の下から、感心した口調で告げてきた。

嚙み合った刀身が、ぎちっと鳴る。

言葉を口にしながらも、圧《へ》し斬りにせんとする敵の勢いは緩んでいない。

「何者かっ」

腕が震えるのに耐えながら、意行は問い返す。

果たして、返されたのは予想だにしない答えであった。

「されば、おぬしが仕えし主君とやらと同じ流儀とだけ申しておこうかの」

「何と……申す!?」

「聞いての通りの柳生新陰流よ。むろん一対一で立ち合わば、吉宗を斬って倒すなど易きこと……防ぎ得るならばやってみい」

余裕の口調で告げられた次の瞬間、ふっと手元が軽くなる。

刺客の撤退は迅速そのものだった。

「大事ありませぬか、殿っ」

兵四郎が息せき切って駆け戻ったときには、影も形も見当たらなかった。剣の技倆のみならず、隠密行にも慣れている手合いであるらしい。

「柳生新陰流……!!」

強張《こわば》った指を兵四郎にほぐしてもらいつつ、意行は愕然《がくぜん》としていた。

吉宗が修めた流派、すなわち将軍家剣術師範の江戸柳生御一門が、まさか自分たちを襲ってくるはずもあるまい。

とすれば、敵の正体は尾張柳生より他に考えられなかった。


尾張戸山・尾張藩下屋敷――。

「首尾はどうであろうなぁ」

徳川宗春は悠然と寝酒を傾けながら、朗報が届くのを待ち侘びていた。

精強の尾張柳生一門を差し向けた黒幕とは新井白石ではなく、徳川の一族たる宗春その人だったのだ。

新陰流の正統を受け継ぐ尾張柳生はもとより誇り高い一門だが、将軍家の剣術師範を務める江戸柳生を羨《うらや》む者も中にはいる。

宗春はそんな不穏分子を巧みに籠絡《ろうらく》し、吉宗を守護する意行一党を根絶やしにするべく脱藩させて江都へ密かに呼び寄せ、配下に取り込んでいたのだ。

さらには最強の切り札として、江戸柳生を憎み抜いて止まない凶剣士まで味方に付けていたのである。

その者の名は柳生宗盈《むねみつ》、二十六歳。

一度は江戸の柳生家を継ぐための養嗣子《ようしし》に迎えられていながら、九年前の宝永五年（一七〇八）、十七歳のときに廃嫡《はいちゃく》されてしまった人物である。

それから出奔《しゅっぽん》し、江戸柳生のみならず将軍家に対しても尽きせぬ恨みを抱いて生きてきた男に宗春は白羽の矢を立て、江戸表へ召し出していたのだった。

若き手練を招聘《しょうへい》した件については、あちらの親族も承知済みだった。

柳生宗盈の生家は和泉国岸和田《いずみのくにきしわだ》藩五万三千石、岡部《おかべ》家である。

実父の岡部美濃守長泰《みののかみながやす》は若き頃から文武両道で鳴らした傑物で、還暦を過ぎた身でありながら現役の藩主として君臨していた。文武を奨励すると同時に奢侈《しゃし》を戒めて倹約を奨励し、民政の改善に努めた名君であり、後世まで続く岸和田だんじり祭を始めさせたことでも知られている。

その善政ぶりから「誉《ほまれ》ある将《しょう》」と賞された長泰にも泣き所があった。子煩悩《こぼんのう》に過ぎたのである。

長泰は嫡男を早くに亡くしたことから残る五人の息子を大事にしており、とりわけ兵法《ひょうほう》に秀でた五男の宗盈を溺愛して止まなかった。

江戸柳生との養子縁組にしても自分から持ちかけたわけではなく、所望されて仕方なしに応じたことなのである。再三の催促をされて思案し、将軍家剣術師範の家を継ぐとなれば兵法者《へいほうしゃ》として格別の名誉に違いないと十四歳の宗盈に因果を含めた上で岸和田から泣く泣く送り出したのだ。

にも拘わらず養父となった江戸柳生の当主・柳生備前守俊方《びぜんのかみとしかた》は、たった三年であっさりと廃嫡にしてしまった。柳生の剣を受け継ぐに申し分のない俊才と一度は認めたくせに、上様にご指南申し上げるにはふさわしからぬと一方的に断じて非情にも放逐《ほうちく》したのだ。

溺愛するわが子が辱《はずかし》めを受けたと長泰は激怒し、国許に引き取った宗盈と共に江戸柳生への、ひいては徳川将軍家に対する復讐の念を今日まで絶えることなく燃やし続けていたのである。

新たな刺客を求めていた徳川宗春にとっては、願ってもない人材だった。

もとより、将軍家に刃を向けるというのは誰もが気後れする役目だ。あの新井白石のように吉宗憎しの一念を燃やしている手合いでなくては、どれほどの手練であろうとも全うすることはできまい。その点、柳生宗盈は手駒とするに最適の男だった。当人が優れた遣い手であるのみならず、背後には岸和田藩五万三千石が控えている。役に立たなくなった白石の代わりとするには申し分ない。

ともあれ、まず期待したいのは今宵の首尾である。

「田沼意行が一党さえ潰せば、吉宗めの護りも薄うなるは必定……次は締戸番の藪田定八に南町奉行の大岡越前……邪魔者どもを次々に消し去ってくれるわ」

酒杯を舐めつつ、宗春はつぶやく。

微醺《びくん》を帯びた横顔に、邪悪な笑みが差していた。

「御免」

と、廊下から訪《おとな》いを入れる声が聞こえてくる。

宗春を感服させて余りある剣技の遣い手、柳生宗盈の不敵な声色であった。

「大儀であったの、宗盈」

敷居際で一礼するのに鷹揚《おうよう》に告げ、宗春は手招きする。

「して、首尾は？」

期待を込めて問いかけるや、意外な答えが返ってきた。

「仕損じ申した」

「な、何と申す⁉」

「なかなかに強うございまする。配下の者共も我らには及ばぬまでも、一騎当千の強者かと……」

「何故に、き、斬らなんだのかっ」

宗春は思わず酒杯を放り出していた。

「お慌て召さるな、若君。急《せ》いては事を仕損じると申しますぞ」

手ぬぐいを差し出しつつ、宗盈はあくまで余裕の態度を崩さない。

「吉宗を人知れず討つとなれば大仕事。確実に成し遂げてくれるならば時も金も惜しまぬと若様が過日に仰せられました故、某《それがし》もじっくりと腰を据えて参りたいのです」

「さもあろうが、それでは意行めを斬らなんだ言い訳にはならぬぞ。あやつこそが儂の大望を阻みおる、最も目障りな奴なのだからの」

濡れた長着の裾を忌々しげに拭きつつ、宗春はぼやかずにいられない。

しかし、対する宗盈は落ち着き払ったままだった。

「兵法者には厄介な性分がございましてな、若様……あのように手ごたえが有る奴ほど、いじめ抜かずには居《お》られぬのです」

「何と申す？」

「柳生備前守も、某のことを随分といたぶってくれました。そのおかげで大いに腕は磨かれましたね」

「それは、おぬしの養父だったからであろう？」

「左様。もはや縁は切れておりますが……なればこそ、今度は某のほうから塗炭《とたん》の苦しみを与えてやりたいのですよ」

眼前に放り出された濡れ手ぬぐいを懐に収めながら、宗盈は微笑する。

陽に焼けた頬を緩めてはいても、目までは笑っていない。白目の目立つ三白眼《さんぱくがん》には凶悪な光が差しており、灯火の下でぎらぎらと輝いて止まなかった。

（こやつ……）

酒杯を取り直すのも忘れたまま、宗春は目の前の男を黙って見返していた。

この男は江戸柳生を憎み抜いている。

手ごたえが有るから田沼意行を斬らなかったというのも、詭弁《きべん》にすぎない。

その目的は、あくまで江戸柳生一門への復讐のみなのである。

突如として新たな強敵が——それも柳生新陰流の遣い手たちが大挙して江都に出現したことは、敢えて生かしておいた意行の口を通じて近々に吉宗の耳に届くであろう。さすれば江戸柳生を率いる柳生備前守俊方にも自ずと疑いの目が向けられ、将軍家の剣術師範という地位が揺らぎかねない。そうやって、じわじわと苦しみを与えてやりたいのだ。

下手に止め立てすれば、こちらが手を嚙まれてしまうだろう。それだけの決意を秘めているに違いないと宗春は見て取っていた。

それに、人を動かすための見返りは金や地位だけとは限らない。当人に望んで止まない別の目的があり、こちらが命じたことを遺漏無く遂行した上で果たすというつもりでいてくれるならば、阻止する理由は何もなかった。

「おぬしが存念はよう判った。もはや四の五の申すまいぞ」

拾い上げた酒杯を差し出しつつ、宗春は続けて言った。

「もとより江戸柳生には恨みなど有りはせぬが、おぬしが行きがけの駄賃に所望するとなれば是非もあるまい。万事、好きにせえ」

「有難き幸せに存じまする」

膝を揃えて酌を受けながら、宗盈はにっこりと微笑む。

それでも三白眼は変わることなく、剣呑な輝きを放って止まずにいた。

二

そして翌日。

登城した意行は吹上御庭へ赴き、定八と二人きりで言葉を交わしていた。

「尾張柳生が!?」

「剣名の高さに違《たが》わぬ、げに凄まじき合撃《がっしうち》にござった」

もはや尾張藩が糸を引いていることに疑いの余地なしと見なしつつも、意行は冷静に事の裏を判じようとしていた。

尾張柳生に襲われたなどと上申すれば、吉宗は必ずや激怒するに違いない。

さらに、これは江戸柳生と尾張柳生の間で一族同士の内紛を招きかねない事態でもあるのだ。

ともあれ、吉宗への報告は暫時保留するしかあるまい。

敵の狙いが天下人の命というのは、これまでの刺客と同じであろう。

とはいえ、新井白石が尾張柳生を使役し得るとも思えない。これは尾張藩内に不穏な動きがあり、別方向から吉宗暗殺の動きが生じたと見なすべきだった。

これは尾張柳生の独断行動なのか。

それとも、尾張藩の意向を汲んでのことなのか――。

いずれにしても、真相を突き止めねば埒《らち》は明くまい。

「上様に申し上げ奉らずとも良いのか、田沼？」

「致し方ございますまい。敵の様子を兵四郎に探らせまする故、何卒ご猶予を」

だが、意行一党の配慮も功を奏さなかった。

江戸柳生一門は、尾張からやってきた慮外者どもの暗躍をいち早く察していたのである。


「よし！　俺が目に物を見せてやるぞ!!」

勇躍乗り出したのは、まだ前髪の少年剣士だった。

柳生矩美《のりよし》、十三歳。

柳生家当主の養嗣子である。

ふだんは隼人《はやと》の通称で呼ばれている矩美は、鳥取藩の支藩に当たる鹿奴《しかの》藩主の五男として生まれ、若年ながら剣才を見込まれて柳生の後継ぎに迎えられた。吉宗への拝謁《はいえつ》の儀もすでに済んでおり、柳生の次期当主としての気概は十分だ。

「やってやるぞー!!」

凛々《りり》しく己を鼓舞し、矩美は大横町の柳生藩上屋敷を単身抜け出してゆく。

信じ難い大事ゆえに様子を見ようと断じた養父・柳生備前守俊方《びぜんのかみとしかた》には黙っての行動だった。

帯びる刀は江戸柳生一門が生んだ麒麟児《きりんじ》・柳生十兵衛《じゅうべえ》三厳《みつよし》の遺愛刀である。

三池光世《みいけみつよ》、二尺二寸。

在りし日に実父でもある江戸柳生の初代総帥・柳生但馬守宗矩《たじまのかみむねのり》より監察御用の密命を帯び、徳川の天下に仇為す輩を人知れず摘発するべく諸国を巡り歩いたという伝説を持つ十兵衛が所有したうちの一振りだ。

東照大権現こと徳川家康公も生前に愛用した三池光世は、平安時代後期の筑後《ちくごの》国《くに》の名工である。その作刀《さくとう》は猪首切先《いくびきっさき》で身幅《みはば》が広く、それでいて重ねが薄いために鋭利な切れ味を発揮するのが特長とされていた。矩美が柳生家に新たな養嗣子として迎えられたとき、栄えある「矩」の一文字を与えられると同時に授かったのは名に実《じつ》を兼ね備えた、実戦仕様の剛剣だったのだ。

これぞ柳生の後継ぎにふさわしい破邪《はじゃ》の剣《つるぎ》だと矩美は思い定め、猛稽古で両の腕を腫らしているときでも決して手入れを怠らずにいた。

そして今、三池光世は矩美の腰間《ようかん》に在《あ》る。

若き剣士は柳生一門の名誉のため、この一振りを以て胡乱《うろん》な者共を成敗しようと燃えていたのであった。


「ん？」

敵の動向を探っていた兵四郎が市ヶ谷御門外の桜の下で出くわしたのは、忍びで市中の探索に出てきた矩美だった。

どうやら、尾張藩上屋敷を探ろうというつもりらしい。

腰の据わりの良さから剣の修行は相応に積んでいると見受けられたが、若年の身でありながら武張った古刀《ことう》を帯びている様は如何にも目立つ。

(危ういな)

即座に判じるや、兵四郎は無礼を承知で袖を引いていた。

「畏《おそ》れながら、柳生の若様ではありませぬか」

「おぬし、何故に俺の顔を存じておる？」

産毛の目立つ幼顔《おさながお》を向けてきながら、矩美は憮然《ぶぜん》と問うてきた。

「先だって上様への御目見得でご登城されし折、ご尊顔を拝しておりますれば……」

「左様であったか。小旗本の若党にまで知られておるとは、俺も顔が広うなったものだの」

口調こそ居丈高だが、幾分嬉しそうである。

その隙を突いて、兵四郎はすかさず訊ねた。

「して若様。本日はまた、お独りで何故の微行《びこう》にございまするのか」

「おぬしの知ったことではないわ！」

たちどころに機嫌を損ね、矩美は憤然と歩き去っていく。

こちらの言うことに、生意気盛りの少年は聞く耳など持ちはしないらしい。

それでも兵四郎は少年の身を案じ、密かに後を尾けずにはいられなかった。

たしかに生意気には違いないが、放っておくには忍びない可愛さがある。

ずけずけと物を言い、喜怒哀楽がはっきりとした少年剣士のことを、兵四郎は気に入り始めていたのかもしれなかった。

兵四郎が案じた通り、矩美は尾けられていた。

当の少年は気付きもせず、市ヶ谷八幡宮の鳥居を潜っていく。探索に出向いていながら、途次で武神への参拝をしようとしているのだ。

心がけは感心だが、不意を突かれては危うい。

案の定、敵は参拝を終えた矩美が稲荷社に寄ったところを狙ってきた。

人気が絶えたのを好機とし、左右から襲いかからんと姿を現したのだ。

(あやつら……)

見覚えのある者を含めた、尾張柳生の不穏分子たちである。

「若様っ」

「おぬしもしつこいのう……!」

遠間《とおま》からの兵四郎の警告に顔を上げた刹那、矩美の顔が凍り付く。

突如として現れた一団は、鳥居の下を駆け抜けて殺到する。

先夜に田沼意行一党を襲撃したと同じく、黒染めの長着に同色の袖無し羽織を重ねている。細身の馬乗り袴の裾を絞り、脚半《きやはん》を巻いていた。足拵えはと見れば軽快な草鞋履きである。

鳥居の脇に立った兵四郎には目も呉れず、一団は矩美を取り囲む。

頭目と思しき男は、剽悍《ひょうかん》な顔にふてぶてしい笑みを浮かべていた。

「な、何者かっ」

動揺を覚えながらも、矩美は懸命に問いかける。

襲撃者たちが名乗る代わりに為したのは、一斉に鯉口を切ることだった。

「む！」

恐怖の呻きを上げつつ、矩美も左腰に手を伸ばす。

突然の襲撃に怯えながらも、抜き合わせたのはさすがと言えよう。

しかし、江戸柳生の麒麟児が遺した名刀は少年剣士には長く、重すぎた。

反撃しようとしても、満足に振るえないのだ。

「覚悟せえ、小僧！」

一味の頭目――柳生宗盈が、凶刃をぐわっと振り下ろす。

刹那、大きな金属音が上がった。

割って入った兵四郎が、鞘走らせた大脇差を止め手で抜き上げたのである。

「むむむ……」

鍛えられた若者の腕が、たちまち震え出す。それほど力強い打ち込みだった。

「退《の》け、下郎」

一声告げるや、宗盈は刀身を合わせたままで体当たりする。

腰の入った一撃の前に、兵四郎は瞬時に薙ぎ倒された。あるじの意行が選んでくれた大脇差は見るも無惨にひん曲がり、もはや用を為さなくなっていた。

「死んでもらうぞ、小僧」

もはや兵四郎など一顧だにせず、宗盈は矩美に迫る。

「ま、待てい」

その背に対し、兵四郎は倒れたままで懸命に叫んだ。

体当たりで鎖骨にひびが入ったらしく、思うように声が出ない。

「な、何故に上様が御命を狙い……同門の若君まで空しくせんとするのか⁉」

「心得違いをするな、下郎。吉宗などはどうでも良いわ」

背を向けたまま、宗盈はうそぶく。思いがけない物言いであった。

「儂《わし》が斬りたいのはただ一人、我《わ》が地位を奪いし、この小僧のみだ！」

宣言するや、宗盈は尾張柳生の面々に視線を向ける。

どの者も皆、啞然とした表情を浮かべて立ち尽くしている。

「そ、それでは話が違いまするぞ。我らが倒さんとするは備前守めと、あやつを寵愛せし上様のみのはず……何も年端もいかぬ少年まで斬ろうとは……」

尾張柳生の一人が、信じ難い様子で呻いた。

江戸柳生憎しの一念で立ち上がった面々とはいえ、矩美を斬り捨てるつもりで大挙して押し寄せたわけではない。暫《しば》し身柄を預かり、囮《おとり》にして柳生備前守俊方をおびき出した上で討ち取るのが尾張柳生たちの目的だった。新たな主君と仰ぐ徳川宗春を将軍職に就けるために暗殺剣を振るうのを辞さず、江戸柳生に取って代わろうとはしていても、幼い矩美まで空しくする理由など有りはしない。

しかし、対する宗盈の態度は変わらなかった。

「甘いことを申すでない。童《わっぱ》ひとり斬れぬようで将軍の命を頂戴できるのか？」

「されど……」

「では備前守も吉宗も、おぬしらで勝手に討てばよい。儂は与《あずか》り知らぬ」

「え⁉」

「こやつさえ空しゅうなれば備前守は悲嘆に暮れよう。それで満足なのでなぁ」

尾張柳生たちが茫然とする中、宗盈は居丈高《いたけだか》に言葉を続けた。

「そういう次第じゃ。あの御方に忠義を尽くさんがために脱藩せしおぬしらには悪いが、こやつを斬った後は抜けさせてもらうぞ」

勝手極まる物言いだったが、この男の技倆は一同を凌駕している。

もとより、怨みの刃を向けられた矩美が抗し得るはずもない。

ここは兵四郎が立ち向かうより他にないのだ。

「待て……」

よろめきながらも両足を踏ん張り、兵四郎は間合いに割って入る。

たとえ手負いにされても、目付《めつけ》――敵を捉える視線の鋭さは変わらない。ために宗盈は付け入る隙を見出し得なかった。

「だ、大事ないのか⁉」

「ご安心召され……若様……」

身を挺して矩美をかばいながら、兵四郎はつぶやく。

将来ある少年に人斬りなどさせたくはないし、見せたくもない。

だが、何としてもこの場は斬り抜けなくてはならぬ。

「畏れながら、お刀を拝借願えまするか」

震える矩美の手に指を添え、兵四郎はその一振りを受け取った。

「おぬし、目の色が違うて参ったな」

宗盈が、半ば感心した様子で告げてきた。

「下郎と侮っておったが気に入った。改めて相手をしてやろうぞ。来い！」

「参ります」

一声告げるや、だっと兵四郎は飛び出す。

ただ一太刀で制することが叶わなければ、気力も体力も続かない。

そう心に期しての、死力を振り絞った一撃だった。

「馬鹿、な……」

刀を振り抜きかけた体勢のまま、宗盈は驚愕した表情を浮かべていた。

腕に覚えの廻し打ち——稽古で錬り上げた一閃を、兵四郎はまったくそのまま
に写し取っていたのである。

いずれの刃も肌身には届いていない。自分が手の内を締めれば、対手も同時に
刃を食い込ませてくると瞬時に判じたからこそ、共に寸止めにしていたのだ。

「うぬ、柳生が剣を知っておったのかっ」

「先程、初めて拝見仕りました」

答える兵四郎の声は、常の通りの張りを取り戻していた。五体に汪溢《おういつ》した気迫
が骨折の痛みをも抑えていたのである。

「されば、あれだけで見取りを為したと⁉」

「畏れながら」

それは兵四郎が得手《えて》とする七方出——変装術の応用だった。

宗盈の一挙一動を、この男に化けおおせるならば如何に動きを模倣すれば良いのかという視点から冷静に、かつ速やかに写し取ったのである。常人には真似のできない、忍びの者ならではの鮮やかな逆転劇であった。

「この場は退《ひ》いてくだされ。されば、拙者も刀を引きましょう」

「むむ……」

宗盈は歯噛みしつつ、兵四郎と同時に刀を納めた。

「うぬ、名は何と申す？」

「白羽兵四郎にございます」

「これで終わりにはせぬぞ、覚えておれ!!」

捨て台詞《ぜりふ》を残し、宗盈は駆け去っていく。

と、そのとき。

「待てい！」

矩美が声を限りに制止したのは遁走した宗盈ではなく、揃って地べたに座した尾張柳生の面々だった。

決意の表情で、それぞれ刀身に懐紙《かいし》を巻き付けている。己の怨みを晴らすことしか考えていなかった宗盈を頭目と仰ぎ、江戸柳生の御曹司を害さんとした愚行を恥じて、この場で腹を切ろうとしているのである。

兵四郎が飛び出すより早く、矩美は続けざまに言い放った。

「い、命を無駄にしてはならぬっ！　我らは源を同じくする一族なのだぞ。それを何故に、かくも骨肉を相食《あいは》み続けねばならぬのだ⁉」

矩美は涙ながらに説いていた。

「これより先は、無益な血を流してはいかん！」

真摯《しんし》な叫びを耳にしたとたん、尾張柳生の面々は驚いた様子で手を止めた。

「おぬしらが依《よ》って立つところは尾張のみには非ず。生きどころを見出すまではどうか……どうか命を無駄にしないでくれっ」

生意気盛りの少年は今、心から説いていた。

名門の養子に入ったことで意気盛んになっていても、いざ修羅場に身を置けばまだまだ未熟。そんな自分には柳生一門の支えと教えが必要であり、一人とて無意味に死なせてはなるまい。かかる境地に思い至ったのである。

強いばかりで人を統《す》べることはできない。矩美のように慈悲の心を持ち、己に凶刃を向けてきた者を赦《ゆる》す姿勢も時として求められるのだ。それは殺人刀《せつにんとう》を固く戒め、柳生の剣は活人剣《かつじんけん》――人を斬らずに活《い》かすのが本義であるべしと説いた開祖・柳生石舟斎宗厳《せきしゅうさいむねよし》の教えに則《そく》した態度だったとも言えるだろう。

(御年十三か……先の楽しみな若様だなぁ)

兵四郎は怪我の痛みもしばし忘れて、感服せずにはいられなかった。

矩美の進言による、江戸柳生家の対応は速やかなものだった。

行き場を無くした尾張柳生の剣士たちを迎え入れることにより、一門の内紛を未然に防いだのだ。足抜けをされてしまえば、もはや宗春の力も及ぶまい。吉宗暗殺の危機はひとまず去ったと言えよう。

「げき頼もしき若君じゃ」

兵四郎の報告を聞いた意行は、安堵の吐息を漏らした。

ともあれ真の敵の正体が見えてきた今こそ気を張らなくてはなるまい。

当面は大人しくしているとはいえ、吉宗の失脚を虎視眈々《こしたんたん》と狙っている尾張の徳川宗春の陰謀を打ち砕くべく、意行一党は戦い続けなくてはならないのだ。

しかし、時には休息も必要である。

「出かけて参れ、兵四郎」

名医の小川笙船に療治を受けて怪我も癒えた頃、兵四郎は休みを貰った。

「木場も久しく訪ねておらぬのであろう。お初殿の顔を拝んで参るが良い」

「そうしたほうがよかろうよ」

ちょうど屋敷に上がり込んでいた芹之介も、ここぞとばかりに口を挟む。

「女子とは面倒なものなのだぞ、兵四郎。放ったらかしておれば、よからぬことばかり考えてしまうからのう」

「はぁ」

訳が分からぬ様子で兵四郎は頷く。

「とまれ、行くが良い」

意行は笑顔で告げる。

「あの新次と申す若い衆《し》も待っておろうぞ。さ、早《はよ》う参れ！」

芹之介は大きな手を伸ばし、兵四郎の尻を軽く叩いた。

「されば、行って参りまする」

明るく答えた兵四郎は、一礼して駆け出す。

思いがけない休日の到来に、心を弾ませていた。

白羽兵四郎、二十一歳。

江都に生きる若者の頭上には、秋晴れの空が一杯に広がっていた。

双葉文庫

ま-17-03

江都《こうと》の暗闘者《あんとうしゃ》
金鯱《きんこ》の牙《きば》

2008年9月14日　第1刷発行

【著者】
牧秀彦《まきひでひこ》
【発行者】
赤坂了生
【発行所】
株式会社双葉社
〒162-8540 東京都新宿区東五軒町3番28号
[電話]03-5261-4818(営業) 03-5261-4833(編集)
[振替]00180-6-117299
http://www.futabasha.co.jp/
(双葉社の書籍・コミックが買えます)
【印刷所】
株式会社亨有堂印刷所
【製本所】
株式会社若林製本工場

【表紙・扉絵】南伸坊
【フォーマット・デザイン】日下潤一
【フォーマットデジタル印字】飯塚隆士

ISBN978-4-575-66349-5 C0193